EIN
ENGEL
WEINT NICHT

ELISA BERGEMANN

EIN ENGEL WEINT NICHT

Roman

Deutsche Erstausgabe
ASARO VERLAG

Asaro Verlag First edition Reihe

© 2010
Asaro Verlag

ISBN 978-3-941930-11-7

Alle Rechte vorbehalten, insbesondere das Recht der mechanischen, elektronischen oder fotografischen Vervielfältigung, der Einspeicherung und Verarbeitung in elektronischen Systemen, des Nachdrucks in Zeitungen oder Zeitschriften, des öffentlichen Vortrags, der Verfilmung oder Dramatisierung, der Übertragung durch Rundfunk, Fernsehen oder Video, auch einzelner Text- oder Bildteile.

Bibliografische Information der Deutschen Nationalbibliothek
Die Deutsche Nationalbibliothek verzeichnet diese Publikation
in der Deutschen Nationalbibliografie; detaillierte bibliografische
Daten sind im Internet über http://dnb.d-nb.de abrufbar.

ASARO Verlag Sprakensehl
Inh. Tanja Schröder
Printed 2010 in Germany
Coverbild: Elisa Bergemann
Covergestaltung: Tanja Schröder

Internet: www.asaro-verlag.de
E-Mail: mail@asaro-verlag.de

Rechtschreibung nach Dudenempfehlung. Ausgabe August 2006

*Dieses Buch widme ich meinem Großvater.
In meinem Herzen wirst du für immer fortleben.*

1 Winter

Die warme Luft tut gut. Der Blick aus dem Fenster zeigt eine eisige Winternacht. So langsam tauen die Hände wieder auf, doch noch immer schmerzen sie bei jeder Bewegung. Sehnsüchtig ist ihr Blick. Eine Sehnsucht nach der Wahrheit. Sie weiß, irgendwo da draußen ist sie. Nur wie findet man das, was man sucht und vermisst, wenn man nicht einmal eine Ahnung hat, was es sein könnte?! Aber da, dort draußen in der Kälte muss sie sein. Das ist ihr bewusst. Sie spürt es in ihrem Innersten. Eine Suche, die vor Langem begann. Die Suche nach einem Traum, einer anderen Welt und dem Glück. Denn welcher Mensch strebt nicht nach Glück?

Sie mag ihn sehr, diesen jungen Mann mit den treuen Hundeaugen. Aber treu ist er wahrlich nicht. Noch nie gewesen. Vor ein paar Tagen machte er ihr noch schöne Augen und jetzt hat er eine andere. Ja, sie hat in abgewiesen, weil sie genau weiß, was er will, und das ist nicht das, was ihr Herz verlangt. Sie mag ihn, aber vertrauen kann sie ihm nicht. Das würde sie auch nie. Selten lässt sie jemanden nahe an sich heran. Zu oft hat sie den Schmerz anderer miterlebt. Ihr Vater hat sie früh verlassen und sich einen Dreck um sie geschert. Dass er nie Liebe empfand, wusste sie schon als kleines Kind.

Trotzdem sucht sie nach diesem Gefühl. Vielleicht gerade deshalb, weil sie davon in der Vergangenheit so wenig erfahren hat.

Seufzend lässt sich Malin aufs Bett fallen und kuschelt sich in die Decke. Ihre Augen sind schwer und schon bald fällt sie in einen tiefen Schlaf. Als sie erwacht, ist es hell. Zum Glück ist heute Samstag. Malin geht in die Küche und sucht im Kühlschrank nach etwas Essbaren. Wenn sie sich nur entscheiden könnte. Na, egal, wartet sie eben bis zum Mittag. Ist eh nicht mehr lange hin. Nur noch acht Stunden, dann will sie sich mit ihrer Freundin treffen und in die Stadt gehen. Passieren wird wahrscheinlich nichts Besonderes. Eventuell beobachtet sie mal wieder irgendein Typ. Aber was will sie schon von dem? Malin zuckt zusammen, als das Telefon klingelt. Es ist ihre Freundin, sie hat Liebeskummer und erzählt davon, wie der Typ nicht antwortet. Klar, das zu wissen ist wichtig und kann nicht warten. Sicher ist es Scheiße, wenn er sich nicht meldet und natürlich kann sie verstehen, dass es ihr keine Ruhe lässt. Sie hat schon so oft bei ihm angerufen aber nie ist er da. Vielleicht ist er ja wirklich immer unterwegs. Sie kennt ihn nicht mal. Außerdem wäre es Malin echt zu blöd, dem andauernd hinterherzurennen. Männer, wie soll man die verstehen? Meistens wollen sie ja doch nur das eine. Wie letztens, als sie mit ihrer Freundin im Kino war. Da haben doch echt solche Idioten angehalten und gefragt, ob sie die zwei nach Hause bringen sollen. Das war doch mal mehr als eindeutig. Bei dem Gedanken schüttelt Malin den Kopf.

»Hörst du mir eigentlich noch zu?« Oh, jetzt hat sie ihre Freundin ganz vergessen.

»Ja, aber reden wir doch später weiter. In Ordnung? Ich muss noch was machen.« Sie verabschieden sich. Gut, nur was will sie machen? Montag steht eine Mathearbeit an. Das kann sie eh nicht, warum also lernen? Zeichnen, das wäre es doch jetzt. Fehlt nur noch eine Idee und die bleibt auch fern. Dann eben fernsehen. Malin greift nach der DVD »Stolz und Vorurteil.« Sie hat den Film schon einige Male gesehen, doch immer wieder fesselte sie diese Liebesgeschichte. Eine solche Liebe will sie auch mal erfahren, nicht genau dieselbe, aber vielleicht eine ähnliche.

Einen Tag später ist eine Party. Hektisch läuft Malin durch die Wohnung. Was soll sie nur anziehen? Scheiße, in zwanzig Minuten wird sie abgeholt. Also weiter. Ja, das sieht gut aus. Jetzt nur noch schnell schminken, die Zeit rennt. Fertig, gerade rechtzeitig. Nervös sieht Malin auf ihre Uhr. Sie wollten schon da sein. Fünfzehn Minuten später noch immer nichts. Sie wird immer aufgeregter. Warum rast ihr Herz nur so? Endlich klingelt es. Malin greift nach ihrer Tasche und rennt nach unten. Ihre Freundin wartet bereits. Eine schnelle Umarmung und los geht es.

Der Raum ist ziemlich voll, die Stimmung nicht mal schlecht. Sie suchen den Raum nach Leuten ab, die sie kennen. Der ein oder andere ist dabei. Erst mal alle begrüßen, zugegebenermaßen ist sie manchmal etwas schüchtern. Drinks gibt es auch, das ist schon mal gut und die schmecken auch noch. Etwas zu gut. Nach zwei Stunden waren es zu viele. Später in der Nacht gibt es Klopfer, ein leckerer Schnaps. Für den hat Malin eine Schwäche. Deshalb meldet sie sich auch freiwillig, als jemand Neue holt. Aber das von ihr auserwählte Objekt soll jemand anders bekommen. Hey, der will nicht mal. Am Ende bekommt Malin doch, was sie will. Schön, so soll es sein. Nur irgendwie hat sie das Gefühl, der neben ihr mag sie nicht. Redet auch kaum. Schade. Also setzt sich Malin zu ihrer Freundin. Sie reden und scherzen, bis ein paar Leute zu tanzen anfangen. Lust hätte Malin ja, aber sie traut sich nicht. Ein Kumpel von ihr, leicht angetrunken, fordert Malin auf. Nun, ein Spielverderber will sie auch nicht sein. Außerdem tanzen ja mehrere und sie steht wenigstens nicht auf den Tischen, wie so manche hier.

Kurz bevor ihre Mitfahrgelegenheit eintrifft, kommt der Typ, der Malin ihrer Meinung nach nicht mag, auf sie zu. In diesem Moment passiert etwas. Keine Ahnung was, aber da ist etwas. Sein Blick nimmt Malin gefangen. Genau in dem Moment wird sie abgeholt. Eine Freundin zieht sie hinter sich her, als Malin zögert. Es geht ihr wohl nicht schnell genug. Malin will doch gar nicht weg. Blödes Timing.

Sosehr sie sich auch anstrengt, er will ihr nicht aus dem Kopf gehen. Sonst passiert ihr so etwas nie.

Malin geht im Zimmer auf und ab. Jetzt ist sie es, die ihre Freundin anruft. Nein, die Karten will Malin nicht gleich auf den Tisch legen. Aber ihre Freundin kennt fast jeden hier. Einfach mal unauffällig fragen. Klappt auch. Seinen Namen findet sie heraus, viel mehr leider nicht. Wenn sie jetzt weiterfragt, fällt es auf.

In der Schule ist es wie immer um diese Zeit stressig. Müssen die Lehrer die ganzen Arbeiten auf den Dezember schieben? Dabei ist in diesem Monat doch schon genug zu tun. Geschenke besorgen, die Zimmer schmücken, wie soll man da noch die Adventszeit genießen? Der erste Schnee lässt auf sich warten. Noch hat es Plusgrade. Trotzdem fröstelt es Malin, als sie in der Stadt umhergeht. Sie ist auf der Suche nach einem schönen Pullover. Statt eines Pullovers findet Malin eine Hose.

Die Kabine ist etwas eng, wie sie feststellen muss. Da passiert es auch schon. Das Gleichgewicht spielt ihr einen Streich und plumps, da liegt sie. Draußen, außerhalb der Kabine. Halb angezogen, halb ausgezogen. Doch das Schlimmste kommt noch. Als Malin sich umsieht, um festzustellen, wer diese peinliche Aktion mitbekommen hat, bemerkt sie eine ihr bekannt vorkommende Person. Den Typen von der Party. Malin wollte ihn zwar wiedersehen, aber so hat sie es sich nicht vorgestellt. Inzwischen gleicht Malin einer Tomate. Der Kerl grinst auch noch so blöd. *Bloß weg hier.* Panisch verkriecht sie sich wieder in der Kabine und da will sie auch die nächsten paar Jahre am liebsten bleiben.

Nach ungefähr einer Stunde wagt sie sich wieder raus. Inzwischen sind bestimmt alle Zeugen weitergezogen. Die Hose ist ihr nun auch egal. Um den Laden macht sie künftig einen Bogen.

Am Abend erzählt Malin ihrer Freundin von der peinlichen Aktion. Die lacht sich den Arsch ab. War zu erwarten. »Schön, dass ich dich so erheitere, aber sag mir mal lieber, was wir heute machen?!«

Sarah zieht ihre Stirn kraus. Das macht sie immer, wenn sie nach einer Antwort sucht. Ihre blauen Augen sehen fragend zu der Decke. Als ob da eine Lösung versteckt wäre. »Wie wäre es mit einem Fernsehabend?«

»Wir allein?«

Sie schüttelt den Kopf. »Nee, wenn schon, dann mit Freunden. Ich frag mal ein paar. Mike, Tom und Julia vielleicht?«

Da erhebt Malin keinen Einspruch. Obwohl, mit Tom hatte sie ein kleines bisschen Stress. Aber wirklich nur ein kleines bisschen. Der meinte, er müsse unbedingt ein Geheimnis, das nur er wissen sollte, weitererzählen. So ganz verzeihen will Malin ihm nicht gleich. Soll er ruhig noch eine Weile ein schlechtes Gewissen haben.

2 Vorspiel

Die Sterne funkeln am Himmel. Malin geht durch die dunkle Nacht. Ihr Atem ist sichtbar, kleine Wolken bilden sich vor ihr. In den meisten Häusern brennt kein Licht mehr, die Stadt schläft. Auch Malin ist müde. Der Fernsehabend hat länger gedauert als gedacht. Zum Glück hat sich das mit Tom geklärt. Er hat sich entschuldigt. Ihr Blick fällt auf einen weiteren nächtlichen Spaziergänger. Im Dunkeln erkennt sie ihn nicht gleich. Erst als sein Gesicht vom Schein einer Laterne erhellt wird, bemerkt sie, dass es sich um den Jungen von der Party handelt. Justin ist sein Name. Das meinte jedenfalls Sarah. Sie wagt es einfach mal und begrüßt ihn. Ob er sie erkennt? Ja tut er. Das merkt sie an seinem breiten Grinsen, was sie sofort an diese peinliche Einkaufaktion erinnert. Da ist es beruhigend, dass man in der Dunkelheit nicht viel sieht, denn ihr Kopf beginnt schon wieder zu glühen. »So spät noch unterwegs?«

»Ja, ich war bei Freunden, wir haben einen Film angesehen. Aber du bist doch auch noch unterwegs.« Jetzt lächelt er, sein Blick haftet auf ihr. Malin kommt es so vor, als wäre ihr noch etwas kälter als vorher. Dieser intensive Blick …

»Musst du in die gleiche Richtung wie ich?«

»Weiß nicht, ich wohne bei dem kleinen Laden am Stadtende.«

»Ach der, ja, in die Richtung muss ich auch. Ich begleite dich ein Stück, wenn du nichts dagegen hast.«

Es ist ruhig. Ab und zu fährt ein Auto die Straße entlang, die Scheinwerfer erhellen die zwei Gestalten. Malins lange blonde Haare flattern im Wind. Ihre Augen erhaschen immer wieder heimlich den Blick dieses Jungen, der da neben ihr geht. Es ist ein schönes Gefühl. Und sie findet ihn hübsch mit seinen schokobraunen Haaren und diesem frechen Grinsen. Der Weg erscheint ihr dieses Mal viel zu kurz.

»Ich muss jetzt in die andere Richtung.«

»Hm ja.« Er zögert. »Sehe ich dich wieder?«

Ein Lächeln huscht über Malins Gesicht. »Ja, ich gebe dir meine Handynummer.«

Als sie die Tür aufschließt, dreht sie sich noch einmal um. Justin ist fort. Doch in Gedanken sieht sie ihn die Straße entlanggehen.

»Sag mal, was hast du heute bloß mit deinem Handy?« Sarah sieht ihre Freundin vorwurfsvoll an. Schnell steckt Malin ihr Handy wieder in die Tasche. »Sorry, wollte nur nachsehen, wie spät es ist.«

»Ach, und deshalb siehst du alle paar Minuten auf dein Handy? Willst mich wohl loswerden.«

»Red keinen Unsinn, ich bin halt einfach etwas unruhig.« Malin sieht aus dem Fenster. Nervös spielt sie an ihren Armreifen herum. Ihre Freundin beobachtet sie interessiert. Sie kennen sich schon viel zu lange, als dass sie ihr was vormachen könnte. Dann klingelt das Handy. Eine SMS von Justin? Gespannt liest Malin die Message.

Hey, ich gebe heute Abend mit ein paar Kumpels eine Party. Dachte, vielleicht hast ja Lust …, will Dich wiedersehen. Gruß Justin

»So wie du strahlst, muss es ja ne tolle Nachricht sein. Neuer Verehrer?«

»Hm ja, mag sein. Ich sehe ihn heute auf einer Party wieder. Verdammt, was soll ich bloß anziehen?« Sarah lacht, war ja klar, dass das ein Problem wird bei Malin.

Die Party findet bei einem von Justins Kumpel statt. Schon auf der Straße hört man die Musik. Zu ihrer Verstärkung hat Malin Sarah mitgenommen. Sie sieht hübsch aus, mit ihrem hochgesteckten schwarzen Haar. Ihre Katzenaugen sehen neugierig auf das Namensschild.

»Engelhart, komischer Name. Aber das muss ja nichts heißen. Vielleicht ist der Typ trotzdem heiß.«

Malin sieht Sarah vorwurfsvoll an.

»Was denn? Du machst dich an deinen Justin ran und ich such mir jemand anderen. Schließlich möchte ich auch meinen Spaß haben.«

Die Tür geht auf. Vor ihnen steht ein großer Junge und fragt sie nach ihren Namen. »Nee, kenne ich nicht«, meint er, nachdem sie sie genannt haben.

»Justin hat uns eingeladen.«

»Aha, na dann kommt rein. Justin ist, glaub ich, an der Bar. Einfach nach hinten durchgehen.«

In dem Raum ist es dunkel. Er wird nur von ein paar bunten Lichtern erhellt. Eine Discokugel an der Decke verteilt das Licht. Kleine Lichtpunkte hüpfen durch den Raum und huschen über die Gesichter der Gäste. Malin hält Ausschau nach Justin. Und tatsächlich, da steht er. An oder besser gesagt hinter der Bar, denn so wie es aussieht ist er hier für die Drinks zuständig. Seine Augen leuchten, als er Malin sieht.

»Was darf es denn zum Trinken sein?«

»Einen Malibu für mich bitte und für meine Freundin einmal Jacky Cola.«

»Kommt sofort.«

Sie sieht ihm bei Mixen der Getränke zu. Er stellt sich geschickt an. »So, hier. Ich muss noch bis um elf die Bar machen. Danach hab ich Zeit.«

»Ja, okay, ich warte.«

Sie vertreibt sich die Zeit mit Tanzen und Leute beobachten. Irgendwann tippt sie jemand von hinten an. Als sie sich umdreht, steht Justin hinter ihr. Er setzt sich zu ihr. In seinen Augen spiegeln sich die Lichter der Discokugel. »So, da bin ich.«

»Ja, das sehe ich. Was machst du eigentlich noch so, außer Drinks zu mischen?«

»Vieles, tanzen zum Beispiel. Darf ich bitten?« Justin reicht ihr die Hand. Er zieht sie hinter sich her. In der Mitte des Raumes tanzen einige. Langsam beginnt Malin, sich im Takt der Musik zu bewegen. Justin tut dasselbe. Mit jedem Takt kommt er ihr näher. Ihr Herz schlägt bis zum Hals. Immer näher, sie kann ihn riechen, fühlen, seinen Atem spüren. Er legt seine Arme um sie. Ihre Knie zittern.

»Hast du schon mal gesehen, wie total betrunkene Leute versuchen, zu singen?« Sie schüttelt den Kopf. »Dann wird es Zeit. Komm.«

Justin führt sie nach oben. Die Musik wird leiser, eine andere Melodie dringt an ihr Ohr. Als sie einen kleinen Raum betreten, muss sie erst mal lachen. Ungefähr fünf Leute sitzen da und spielen Singstar. So schräg, dass es schon wieder lustig ist.

Wieder sitzen sie unten, auf einer großen Couch. Auf dem Tisch stehen lauter leere oder halb volle Gläser. Malins Bauch schmerzt noch immer vor Lachen. Justin hat es sich neben ihr bequem gemacht. Seine Hand berührt ihre. Ihr Atmen geht schnell. Sie rücken näher zusammen und noch näher. Eine Weile sitzen sie so da, der Raum leert sich. Es ist bereits fünf Uhr morgens. Sie muss gehen.

Draußen verabschieden sie sich. Als Malin gerade gehen will, überlegt sie es sich noch mal anders und dreht sich um. Sie sieht in seine Augen, kommt ihm näher, ihre Lippen berühren kurz die seinen. »Bye.« Malin macht sich auf den Weg nach Hause. Sarah ist bereits vor Stunden gegangen.

3 Sarah

Malin öffnet die Augen ein Spalt. Die Sonne blendet. Sie seufzt und dreht sich auf die andere Seite, um der Sonne zu entgehen. Das Telefon klingelt. Verschlafen steht sie auf. »Malin Mendes, hallo.«

»Hey, ich bin es, du Schlafmütze. Sag nicht, du hast echt noch gepennt?«

»Doch hab ich.«

»Also echt, weißt du eigentlich, wie spät es ist?« Ohne eine Antwort abzuwarten, redet Sarah weiter: »Drei Uhr nachmittags!!! Wir wollten uns schon vor einer Stunde treffen.«

Angestrengt denkt Malin nach. Doch ihr fällt nicht ein, was sie heute vorhatten. »Ähm, sei mir nicht böse, was war heute?«

Die Stimme am anderen Ende seufzt laut. »Wo du immer deine Gedanken hast. Wir wollten für meine Geburtstagsparty einkaufen. Falls du es auch vergessen haben solltest, die ist morgen.«

»Scheiße, stimmt. Tut mir leid. Ich ziehe mich sofort an. Treffen wir uns dann um vier Uhr an der Bushaltestelle?«

»Ja, aber wehe, du kommst zu spät!«

Schnell hüpft Malin unter die Dusche und zieht sich an. Sie sieht noch immer müde aus.

Außer Atem kommt sie am Bus an, der schon an der Haltestelle steht. Gerade noch rechtzeitig. Ganz hinten sitzt Sarah. »Du hast es also doch noch geschafft.«

»Ja, habe ich. Wo willst du als Erstes hin?«

»Ich brauche noch solche Pappteller und was zum Trinken.«

Sie gehen zuerst in einen kleinen Laden, der so ziemlich alles hat, was man nicht braucht. Malin liebt solche Läden, die ausgefallene, verspielte und einfach nur schöne Sachen haben. Viele dieser Gegenstände sind nur zur Dekoration. Sie stehen herum und fangen Staub auf. Trotzdem, schön sind sie. Sarah findet, was sie braucht. Die gesuchten Pappteller und noch einiges an Partyschmuck.

In einer Ecke entdeckt Malin ein Medaillon. Es ist silbern, auf seiner Oberfläche sind kleine Muster, die wie Zweige einer Pflanze aussehen. In der Mitte ist eine Rose abgebildet. Sie ist von dem Schmuckstück begeistert, doch so sehr sie auch sucht, sie findet kein Preisschild.

Malin wendet sich an die Verkäuferin. »Entschuldigen Sie, aber hier steht kein Preis dran.«

Die Verkäuferin betrachtet das Stück. »Warten Sie einen Moment, ich frage mal meine Kollegin.« Weg ist sie. Malin wartet. »Fünfundzwanzig Euro, es ist teilweise aus echtem Silber.«

Das ist für sie viel Geld. Malin hält das Medaillon in ihren Händen. »Ich nehme es.«

Sie stehen vor der Kasse. Vor ihnen auf dem Laufband liegen etliche Flaschen. Die Hälfte davon Spirituosen.

»Ist jemand von Ihnen denn schon achtzehn?« Oh je, jetzt kommt es. War ja klar, dass das nicht gut geht.

»Sicher doch. Hier, mein Ausweis.«

Die Frau sieht sich den Ausweis an. Dann gibt sie ihn mit einem Nicken zurück. Draußen kann Malin ihre Neugierde nicht mehr unterdrücken. »Sag mal, das war doch nicht dein Ausweis, oder?«

»Natürlich nicht. Der gehört meiner Schwester. Zum Glück sehen wir uns ziemlich ähnlich.«

»Okay, noch eine Frage. Warum um alles in der Welt musstest du so viel einkaufen? Das Zeug ist verdammt schwer!«

Abends sitzen die zwei Freundinnen im Café Luna. Hier gehen sie gerne hin, besonders wenn es etwas zu besprechen gibt.
»Und wie schmeckt dein Kaffee?«
»Gut, wie immer.«
»Sag mal«, Sarah sieht ihre Freundin eindringlich an, »dieser Justin gefällt dir wirklich, oder?«
Malin rührt in ihrem Kaffee. Sie lässt sich Zeit mit der Antwort. »Ja ich glaub schon.« Bei diesen Worten strahlt sie.
»Für mich sieht das so aus, als wärst du echt in ihn verschossen. Er ist aber auch süß.« Sie lachen.
»Bringst du ihn morgen mit auf meine Party?«
»Keine Ahnung, vielleicht.«
»Nichts da, vielleicht. Ich bestehe darauf, ihn kennenzulernen. Muss doch wissen, ob er für meine Kleine gut genug ist.«

Es ist Samstag. Malin hat Sarah versprochen, bei der Party zu helfen. Ihre Freundin empfängt sie stürmisch, sie ist bestens gelaunt. Kein Wunder, wenn man bald Geburtstag hat. Die Party soll bei ihr zu Hause stattfinden. Ihre Eltern stehen in der Küche. Sie begrüßen Malin freundlich. Diese bietet sofort ihre Hilfe in der Küche an.
»Sarah ist schon den ganzen Tag total aufgedreht. Verstehen kann ich das ja. Ist wohl so, wenn man achtzehn wird. Und wir dürfen um Mitternacht nicht einmal mit ihr anstoßen. Aber es ist ja *uncool*, wenn die Eltern da sind.« Die Mutter zwinkert ihre Tochter zu.
»Ja, Mom, ist es. Ihr könnt mir auch noch morgen alles Gute zum Geburtstag wünschen.« Mit diesen Worten greift sie nach dem Arm ihrer Freundin, um sie aus der Küche zu zerren.
»Hey, was soll das jetzt?«
»Es gibt Wichtigeres als das Essen.«
»Ach ja?«
»Sicher doch, den Alk.« Sarah grinst Malin frech an. Die verdreht nur die Augen. »Wir stoßen jetzt an.«

»Es ist gerade mal achtzehn Uhr. Das hat doch noch Zeit.« Sarah sieht das anders. Aus dem Schrank holt sie zwei Sektgläser. »Auf die beste Freundin der Welt.«

Kurz vor zwanzig Uhr werden sie mit den Vorbereitungen fertig. Die ersten Gäste sollen erst eine Stunde später eintreffen.

»Ich finde, es sieht hier super aus. Kommt Justin heute?«

»Ja, er wollte kommen.«

»Gut, dann wird er mal auf den Zahn gefühlt.«

Malin bricht in lautes Gelächter aus. »Der Arme.«

Die Party ist im vollen Gange. Die ersten Gläser liegen auf dem Boden und die Musik dröhnt durch das ganze Haus. Malin steht neben Justin in einer Ecke. Sie unterhalten sich, sofern das bei dem Geräuschpegel möglich ist. Malin schaut auf die Uhr. Kurz vor Mitternacht. Es wird Zeit, ihre Freundin zu suchen. Neben einem Jungen entdeckt sie Sarah.

»Sorry, aber die gehört mir.«

»Tja, Süßer, tut mir leid, aber was meine Freundin sagt, ist Gesetz.«

»Jetzt brauchen wir Sektgläser.«

»Ich hab nur Wodka Bull, geht das auch?«

»Na, von mir aus, du bist das Geburtstagskind ... jedenfalls gleich. Genau genommen in ... drei, zwei, eins. Happy Birthday!« Malin umarmt ihre Freundin. »Jetzt musst du noch dein Geschenk auspacken.«

Sarah zerreißt ungeduldig das Papier, in dem das Präsent eingewickelt ist. Ein Fotoalbum tritt zum Vorschein. Sie schlägt es auf. Darin sind Erinnerungsfotos. Sie zeigen die beiden Mädchen im Kindergartenalter. Das letzte Foto stammt von ihrem letzten gemeinsamen Ausflug. Gerührt legt Sarah das Album auf einen Tisch und umarmt ihre Freundin.

»Danke, das ist wirklich ein wunderschönes Geschenk.«

»Ihr kennt euch also schon lange?« Justin hat sich wieder zu Malin gesellt.

»Ja, unsere Eltern haben sich im Krankenhaus kennengelernt. So sind wir quasi zusammen aufgewachsen.«

»Schön, ich muss aber mal langsam gehen. Kommst du mit?«

»Nee, ich übernachte hier. Irgendjemand muss ihr ja beim Aufräumen helfen.«

»Schade. Sehen wir uns morgen?«
»Können wir, ich melde mich bei dir.«

Total fertig schleppen sich die beiden ins Bett. In der Wohnung stehen noch immer leere Gläser herum. Doch das eile nicht, meint Sarah.
»Das war eine Party, was?«
»Ja, nicht schlecht.«
»Meine Partys sind super.« Kichernd wälzt sich Sarah ihm Bett umher.
»Und, wie ist es, achtzehn zu sein?«
»Keine Ahnung bis jetzt ist es genauso wie siebzehn zu sein. Hast du den Typen gesehen, mit dem ich geredet habe, bevor du mich gewaltsam von ihm entfernt hast?«
»Nee, nicht so richtig.«
»Der war heiß. Aber du hast wohl nur Augen für deinen Justin.«
»Noch ist er nicht meiner. Aber du hast recht, ich glaube, ich könnte mich in ihn verlieben.«

4 Zusammenkommen

Am nächsten Tag kommt Malin nur schwer aus dem Bett. Doch sie hat Justin versprochen, sich mit ihm zu treffen. Die beiden wollen in die Stadt gehen. Dann vielleicht ins Kino oder in eine Bar. Das wird sich zeigen. Sie zieht einen langen violetten Pullover, dessen Farbe gut zu ihren grünen Augen passt, und eine schwarze Hose an. Ihre blonden Haare lässt sie offen. Eine ganze Stunde verbringt sie im Bad. Als sie in den Spiegel sieht, ist sie mit dem Ergebnis ganz zufrieden. Schnell wirft sie sich ihren Mantel über und geht nach draußen. Ausnahmsweise erreicht sie die Bushaltestelle früh. Nervös sieht sie immer wieder auf die Uhr, dann auf die Straße. Die Zeit scheint nicht vergehen zu wollen. Endlich sieht sie von Weitem den Bus kommen. Malin sucht nach ihrer Busfahrkarte, findet sie aber nicht. Bestimmt hat sie sie vor lauter Aufregung zu Hause liegen gelassen. Jetzt ist es auch zu spät. Muss sie eben zahlen.

»In die Innenstadt bitte.« Sie schaut sich um. Justin sitzt weiter hinten im Bus. Er hat ihr einen Platz neben sich freigehalten. Malin setzt sich zu ihm.

»Hi. Und, hast du dir schon überlegt, wo wir hingehen?«

»Ich dachte zuerst ins Kino und dann können wir ja immer noch sehen, wozu wir Lust haben.«

»Was für Filme laufen denn?«

»Keine Ahnung, aber es wird schon was Gutes dabei sein.«

Davon ist Malin nicht so ganz überzeugt. Und sie liegt richtig. Der einzige Film, der sie interessiert, läuft erst in zwei Stunden.

»Toll, und was machen wir jetzt?«

Justin überlegt einen Moment. »Wir können ja so lange uns irgendwo reinsetzen und was trinken.«

Malin willigt ein.

In dem Café ist es angenehm warm. Während sie auf die Bestellung warten, fragt Malin Justin nach seinen Hobbys. Wie sie herausfindet, geht er am Wochenende meistens mit seinen Freunden weg. Auf Partys, in Bars oder was sonst gerade so anfällt. Sie hört ihm aufmerksam zu.

»Jetzt will ich aber auch etwas von dir erfahren. Also ich weiß, dass Sarah deine beste Freundin ist. Da hört es auch schon fast auf.« Justin lächelt und sieht sie dann erwartungsvoll an.

»Immerhin weißt du etwas.« Malins Blick ist neckisch. »Ich tanze gerne, zeichne ab und zu oder fotografiere Leute.«

»Leute fotografieren?«

»Ja, manchmal bin ich wie ein Paparazzo.« Sie schmunzelt und muss über ihre eigene Bemerkung lachen.

»Deshalb also auch das Fotoalbum für Sarah?«

»Ja, die meisten Fotos habe ich geschossen. Einige sind von unseren Eltern. Mit vier kann man ja noch nicht so gut knipsen.«

Die Bedienung bringt die Getränke. Malin löffelt den Schaum von ihrem Cappuccino.

Im Kino läuft der Abspann. Sie haben eine Komödie angesehen. Obwohl die Malin eher zum Gähnen als zum Lachen gebracht hat, ist sie zufrieden. »Wenigstens ist die Musik gut gewesen.«

»Ja, stimmt, zumindest etwas. Was machen wir jetzt? »

»Es ist Montagabend. Ich glaube da passiert in der Stadt nicht mehr viel. Und auf eine Bar habe ich ehrlich gesagt keine Lust mehr. Mir haben der Cappuccino und die heiße Schokolade gereicht.«

»Willst du dann noch mit zu mir kommen?«

Malin zögert. »Ja, okay.«

Justin wohnt nicht weit weg von ihr, wie sie feststellt.

In seinem Zimmer macht er Musik an. Der Raum ist sehr dunkel. An der Wand hängt ein Blaulicht. Die weißen Möbel leuchten im Schein des Lichtes. Malin nimmt auf einen Sitzsack platz. Justin hat drei Stück davon. »Ich mag diese Dinger«, sagt sie.

»Ja ich auch.«

Dann schweigen sie. Malin überlegt fieberhaft, was sie erzählen soll. Doch ihr fällt nichts ein. Justin sieht sie an. Ihr ist sein Blick schon fast unangenehm.

»Ich mag dein Zimmer«, meint sie schließlich. »Es ist schön.«

»Ich weiß, was noch schöner ist.« Er kommt auf sie zu, beugt sich zu ihr herunter und küsst sie. Erst ist es ein kurzer Kuss. Dann wird er immer intensiver. Malin schließt die Augen. Sie fühlt, wie ihr Herz schlägt.

»Das ist auf jeden Fall besser als Kino«, murmelt sie zwischen seinen Küssen.

In den nächsten Tagen sehen sie sich öfter und lernen sich kennen. Malin zeigt Justin ihre Fotos. Als er ihre Wohnung betritt, wird er stürmisch begrüßt. Allerdings nicht von Malin, sondern von einem Bordercolliemischling.

»Aus, Cindy!«

Der schwarz-weiße Hund gehorcht sofort und sieht sein Frauchen neugierig an. »Das ist Cindy, unsere Hündin. Sie ist ganz harmlos, nur etwas zu verspielt. Komme ruhig rein.«

In Malins Zimmer ist eine große Pinnwand mit vielen Fotos. Justin tritt näher, um sie zu betrachten. Einige zeigen Malin, andere Landschaften aus fernen Ländern, und auch von Sarah gibt es unzählige Fotos.

»Wann hast du mit dem Fotografieren angefangen?«

»Hm, schwer zu sagen. Meine Mutter meinte, ich war schon immer verrückt nach Kameras. Aber müssen wir nicht los?«

Sie wollen sich mit Freunden treffen. Als sie am Gehen sind, rennt ihnen Cindy hinterher. »Ich glaube, du kannst sie mitnehmen. Mein Kumpel hat auch einen Hund. Vielleicht verstehen sie sich ja.«

»Bist du sicher?«

»Warum denn nicht?« Cindy ist sichtlich erfreut über den ungeplanten Ausflug. Ausgelassen springt sie vor den beiden her. Es schneit, als sie das Haus von Justins Freund erreichen. Aus irgendeinem Grund zögert er. Malin dreht sich zu ihm um. Was hat er?

»Meine Freunde haben mich letztens gefragt, ob wir zusammen sind?«

Er sieht sie fragend an. Sie ist nicht sicher, was sie antworten soll. »Ich denke schon, oder?«, fragt sie unsicher.

»Also ja?«

»Ja.«

»Sieht sich mal einer die zwei an. Da stehen sie vor meiner Haustür und knutschen. Ist euch nicht kalt?« Niklas steht an der Tür und grinst über den Anblick der beiden.

»Wir kommen ja schon. Außerdem, mir ist warm.« Justin streckt Niklas die Zunge raus. Da meldet sich Cindy zu Wort.

»Hey, ihr habt ja jemanden mitgebracht. Da wird sich Jim freuen.«

Drinnen sitzen einige auf einer Couch und sehen irgendetwas im Fernseher an. Malin und Justin gesellen sich zu ihnen.

»Hi, und wie geht's?«

»Gut, danke. Worum geht es in dem Film?«

»Keine Ahnung, die wechseln eh ständig den Kanal.«

»Aha. Wie toll.«

Alina merkt die Ironie der Aussage und lächelt. Malin mag sie. Alina ist etwa ein Jahr jünger als sie und immer gut gelaunt. Dann ist da noch Evelyn. Sie kennt Malin nicht so gut. Im Gegensatz zu Alina ist sie eher ruhig. »Und, seid ihr nun endlich zusammen?« Alinas volle Aufmerksamkeit gilt nun Malin.

»Ja, seit etwa zehn Minuten.«

»Na endlich.« Sie umarmt sie stürmisch. »Leute, hört mal her. Sie haben es tatsächlich geschafft. Unser neues Traumpaar, Justin und Malin.« Malin möchte gerade am liebsten die Flucht ergreifen. Das ist ihr doch zu viel Aufstand um sie.

»Niklas, hast du Cindy gesehen? Ich finde sie nicht«, fragt sie und der Angesprochene zeigt in Richtung Wohnzimmer. Als Malin in das Zimmer tritt, entdeckt sie ihre Hündin neben Jim. Die zwei haben sich aneinandergekuschelt. Jims Pfote liegt auf Cindy.

»Es scheint, wir haben noch ein neues Liebespaar.« Alina ist Malin hinterhergekommen. »Ist das dein Hund? Der ist ja süß.«

Malin nickt. »Ja, das findet Jim auch, so wie es aussieht. Cindy bei Fuß.« Die Hündin rührt sich nicht von der Stelle, sondern hebt nur ihren Kopf. »Oh je, das kann was werden.« Malin schreitet zur Tat und schnappt ihren Hund am Halsband. »Ich glaube, ich gehe mal lieber, sonst bekommen wir die zwei gar nicht mehr voneinander los.«

Niklas zuckt mit den Schultern. »Gegen die Liebe kann man nichts tun. Dann müssen sich die zwei eben öfters sehen. Oder willst du, dass sie todunglücklich sind?«, meint er belustigt.

»Ja, ich glaube, das ist die einzige Lösung.« Sie zwinkert ihm zu.

Malin geht mit ihrer Hündin allein nach Hause. Justin wollte noch bleiben.

»Ich glaube, da steht uns noch einiges bevor.« Cindy sieht sie fragend an.

5 Geständnis

Malin und Justin sind auf den Weg nach Hause. Sie waren wieder bei Freunden.

»Ich wollte dich mal was fragen.«

Sie bleibt stehen, um auf seine Frage zu warten.

»In zwei Wochen spielt ein alter Freund von mir in einem Klub. Er hat eine Band. Ihre Musik geht in Richtung Punkrock. Ich dachte, vielleicht hast du ja Lust mitzukommen?« Er sieht sie fragend an. Doch sie zeigt keine Reaktion. »Ich meine du musst ja nicht mitkommen …« Er kann nicht aussprechen, denn Malin fällt ihm ins Wort.

»Sicher komme ich mit!« Ihre Augen funkeln, freudestrahlend umarmt sie Justin und drückt ihm einen Kuss auf die Wange. »Ich freue mich schon drauf.«

In den nächsten Tagen huscht immer wieder ein Lächeln über ihre Lippen, wenn sie an das bevorstehende Wochenende denkt. Endlich, am Samstag ist es so weit. Justin holt sie ab. Sie wollen mit dem Zug fahren, denn die Bar ist in der nächsten großen Stadt. Es ist erst Nachmittag. Die Sonne scheint, der Schnee ist längst weggetaut. Es ist ein schöner Tag, der schönste seit Langem. Malins Laune ist bestens, sie strahlt schon die ganze Zeit. Die Sonnenstrahlen kitzeln ihr Gesicht. Sie schließt die Augen und genießt die Wärme. Justin sitzt neben ihr. Er hält ihre Hand. Wenig später sind die zwei so sehr miteinander beschäftigt, dass sie den Schaffner gar nicht bemerken.

»Entschuldigt, aber ich muss euch kurz unterbrechen.« Amüsiert steht eine junge Frau vor ihnen, um die Fahrkarten zu verlangen. Malin und Justin hören auf, sich zu küssen. Als sie wieder weg ist, müssen sich die beiden das Lachen verkneifen. Malin zuckt mit den Schultern und sie machen da weiter, wo sie aufgehört haben.

Nach über einer Stunde fährt der Zug in die Stadt ein. Es wird schon dunkel, doch die Straßen und Gebäude erstrahlen im Glanz der künstlichen Beleuchtung. Malin ist, wie üblich, aufgeregt als sie durch die Stadt gehen. In ihrem Bauch kribbelt es. Justin lächelt sie ununterbrochen an. Sie ist glücklich, und ihr Glück wird noch größer als sie die Bar erblickt. Es ist gemütlich hier. Das Licht ist warm, die Einrichtung urig. Besonders gefällt ihnen die Sitzecke mit den gemütlichen Sesseln. Die sind allerdings schon besetzt. Deshalb setzen sie sich an die Bar. Was auch den Vorteil hat, dass sie den ganzen Raum überblicken können. Die Bühne ist noch leer. Doch das ändert sich bald. Einige Leute beginnen, Instrumente aufzubauen. Zuerst spielen zwei andere Bands. Endlich kommt Justins Freund auf die Bühne. Sie spielen ein Lied nach dem anderen. Malin gefällt die Musik. Die Band versteht es, Stimmung zu machen. Das Publikum ist begeistert. Selbst nach der dritten Zugabe will der Applaus nicht abklingen. Justin lässt es sich nicht entgehen, seinen Freund zu begrüßen.

»Kommst du mit hinter die Bühne?«

»Ja, klar.« Die zwei drängeln sich durch die Menge. Fast stolpert Malin, doch Justin fängt sie rechtzeitig auf. »Ich glaube, auf dem Boden wirst du die Band nicht finden.«

Hinter der Bühne stehen lauter verschwitzte Jungs. Kein Wunder, nach so einer Vorstellung. Justin geht auf einen von ihnen zu. Der ist gerade dabei, sich umzuziehen. Als dieser ihn bemerkt, kommt er Justin entgegen.

»Hey, du konntest also doch kommen! Wie fandest du uns?«

»Super, wie immer. Der letzte Song war der Hammer.«

Malin beobachtet das Geschehen. Sie ist nicht sicher, ob sie sich bemerkbar machen oder lieber abwarten soll.

»Und wer ist die hübsche Lady an deiner Seite?« Endlich fühlt sich Malin beachtet.

»Oh, Entschuldigung, das ist meine Freundin Malin. Das ist Andi, er hat die Band gegründet.«

»Schön, dich kennenzulernen. Frauen sind hier immer gerne gesehen. Wie hat dir unser Auftritt gefallen?«

»Mindestes genauso gut wie meinem Freund.« Andi lacht. »Darauf trinken wir was. Ich komme nachher gleich an die Bar. Dann gebe ich einen aus.«

Justin und Andi haben sich viel zu erzählen. Malin hört ihnen zu. Es ist nach Mitternacht, als sie die Bar verlassen.

»Weißt du, wann der nächste Zug fährt?«

»Nee, ich habe keine Ahnung.« Am Bahnhof angekommen, suchen sie nach dem Fahrplan. Im schwachen Licht ist kaum was zu erkennen.

»Kannst du mir mal mit deinem Handy leuchten?«

Malin kramt in ihrer Tasche nach ihrem Handy und zielt mit dem Displaylicht auf den Fahrplankasten.

»Der nächste fährt erst um drei Uhr«, meint Justin leicht säuerlich.

»Ja toll. Es ist arschkalt und bis drei sind es noch mehr als zwei Stunden. Was jetzt?«

»Gehen wir noch mal in die Stadt? Besser, als hier zu erfrieren.«

Malin stimmt zu, denn etwas Besseres fällt ihr auch nicht ein. Sie gehen die leere Straße zurück, von der sie kamen. Malin ist müde. Schließlich erreichen sie eine kleine Bar. Justin bestellt Malin eine heiße Schokolade. Sie umschließt die Tasse fest mit ihren Händen, um sich etwas aufzuwärmen. Sie sprechen kaum noch, bis Andi auftaucht.

»Das ist ja mal ein Zufall. Lange nicht mehr gesehen. Ihr habt wohl noch nicht genug vom Nachtleben.«

Andi versteht es, Leute zu unterhalten. Und das nicht nur mithilfe seiner Musik. So vergessen Malin und Justin die Zeit. Erst ein kurzer Blick auf die Uhr lässt Malin hochschrecken.

»Justin, in einer viertel Stunde fährt der Zug. Wir haben vorhin fast eine halbe Stunde zum Bahnhof gebraucht!«

»Scheiße! Sorry, Andi, aber wir müssen gehen. Man hört sich. Ciao.«

Die zwei rennen so schnell sie können. Der Zug ist schon da. Die Türen schließen sich. Gerade noch kann Justin eine Tür aufhalten. Außer Atem setzen sie sich. Der Zug ist um diese Zeit leer.

»Okay, jetzt ist mir auf jeden Fall nicht mehr kalt«, meint Malin lachend. Die Lichter ziehen an ihnen vorbei. Malin kuschelt sich müde an ihren Freund. Dieser legt seinen Arm um sie. »Hat es dir gefallen?«

»Ja, hat es.« Zufrieden schließt sie die Augen.

In ihrem Heimatort angekommen taucht das nächste Problem auf. Der letzte Bus ist bereits abgefahren. Zu Fuß ist es gut eine halbe Stunde bis nach Hause. Doch das müssen sie wohl in Kauf nehmen. Justin begleitet Malin bis zu ihrer Wohnung. Es dauert, bis sie sich verabschiedet haben. Malin will gerade gehen, da flüstert Justin ihr noch etwas ins Ohr: »Ich liebe dich.«

Malin küsst ihn noch einmal lange. »Ich liebe dich auch.«

6 Verschiedene Gefühle

Malin betritt gerade die Wohnung, als das Telefon klingelt. »Ja?«, meldet sie sich.

»Hey, ich bin es, Niklas. Wir wollen heute alle in die Disco gehen. Dachte, vielleicht hast du ja auch Lust. Du bist doch dabei, oder?«

»Ja, sicher doch. Wo treffen wir uns?«

»Bei mir um zwanzig Uhr.«

»Okay, bis dann, bye.« Sie legt auf. Es sind noch ein paar Stunden bis dahin. Malin überlegt, was sie mit der Zeit anfängt. Sie war schon lange nicht mehr bei Sarah. Kurzerhand tippt sie eine SMS. Nur wenige Minuten später kommt die Antwort. Malin schnappt ihre Tasche und macht sich auf den Weg zu ihrer Freundin. Sarah kommt gerade vom Radfahren zurück. Sie hat noch ihre Sportklamotten an.

»Ich muss kurz unter die Dusche. Du kannst ja so lange in meinem Zimmer warten.« Und weg ist sie, bevor Malin überhaupt antworten kann.

Sie geht in Sarahs Zimmer und wirft sich auf das Bett. Als Sarah das Zimmer betritt, hat sie sich noch immer nicht von der Stelle gerührt. Malin starrt die leere Wand an.

»Sag mal, ist was?« Sie schweigt. Sarah setzt sich neben sie.

»Heute ist einfach ein Scheißtag. War vorher bei meinem Vater. Der hatte nichts Besseres zu tun, als mir Vorträge zu halten. Was interessiert ihn schon, was ich mache? Er fragt doch sonst auch nie. Und Justin ist auch irgendwie komisch.«

»Was heißt komisch?«

»Ach, ich weiß nicht. Er hat sich diese Woche kaum gemeldet.«

Sarah sieht ihre Freundin skeptisch an. »So sind Jungs nun mal. Manchmal brauchen die eben etwas Abstand. Das muss doch nichts heißen. Mach dir mal keine Sorgen.« Inzwischen sieht man nur noch eine Bettdecke. Malin ist darunter verschwunden.

»Sag mal, heulst du?« Die Decke bewegt sich ein bisschen. Sarah seufzt. »Soll ich jetzt auch unter die Decke kriechen, oder was?«

Langsam taucht Malins Kopf auf. Ihre Augen sind leicht gerötet. »Ich heule nicht.«

»Na, dann ist es ja gut. Wie wäre es, wenn wir erst mal eine heiße Schokolade trinken? Schokolade macht glücklich, vielleicht bist du dann wieder etwas besser drauf.« Sarah zwinkert Malin zu. Diese willigt ein.

Bald sitzen die zwei vor dem Fernseher mit einer heißen Schokolade in der Hand und quatschen.

Sie sieht auf die Uhr. In einer Stunde soll sie bei Niklas sein.

»Was hast du eigentlich heute Abend vor?«

Sarah zuckt mit den Schultern. »Noch nichts.«

»Ich gehe mit den anderen in die Disco. Komm doch mit. Bitte.« Malin sieht Sarah fast bettelnd an. Und da die ihrer Freundin nur ungern etwas ausschlägt, willigt sie ein.

Eine Stunde später stehen sie vor Niklas Tür.

»Ich habe noch meine Freundin mitgebracht.«

Niklas grinst. »Also, wenn alle deine Freundinnen so hübsch sind, kannst du gerne öfters welche mitbringen.«

Sarah ignoriert Niklas und geht an ihm vorbei ins Haus. Niklas starrt sie entgeistert an. Malin, die ihre Freundin gut genug kennt, meint nur, dass er sich dabei nichts denken soll, und geht auch ins Haus. Drinnen ist es ziemlich voll. Gut acht Leute haben sich aufs Sofa gequetscht. Wie Malin bemerkt, fehlt Justin. Er hatte ihr aber gesagt, dass er auch kommt.

»Niklas, weißt du, wo Justin bleibt? Wir wollten uns bei dir treffen.«

»Der meinte, es könnte später werden. Ich habe keine Ahnung, wo der steckt.«

So langsam ist sie beunruhigt. Alina kommt angesprungen und begrüßt sie freudig. »Hi, ich habe schon auf dich gewartet.«

»Ach ja?«

»Sicher, ohne dich ist es doch langweilig.«

Die beiden lachen und albern herum. Alina schafft es, Malin von ihren Gedanken abzulenken. So bemerkt sie gar nicht, dass Justin den Raum betreten hat.

»Willst du nicht mal deinen Schatz begrüßen?«, fragt Alina sie leise.

»Oh, ich habe ihn glatt übersehen«, meint Malin überrascht. Schnell eilt sie zu ihm, um ihm Hallo zu sagen.

»Du hast aber auf dich warten lassen!«

»Ja, sorry.« Mehr sagt er nicht. Wieder beschleicht Malin ein unbehagliches Gefühl. Ob etwas ist?

Auf den Weg zur Disco ist er ziemlich normal, doch trotzdem hat sie ein seltsames Gefühl im Bauch. Hand in Hand gehen sie zum Eingang. Heute ist einiges los. Die Schlangen scheinen endlos. Malin friert. Unter ihrem Mantel trägt sie nur ein dünnes Kleidchen. Sarah und Alina sind ausgelassen. Sie flirten mit den Jungs am Eingang.

Drinnen ist es genauso voll wie draußen. Malin drängelt sich mit Justin durch die Menge.

»Möchtest du auch was zum Trinken?« Malin nickt. Justin geht zur Bar. Währenddessen warten sie. Einige Bekannte laufen ihr über den Weg. Sie redet kurz mit ihnen. Dann kommt Justin mit zwei Gläsern in der Hand zurück. Malin nimmt eines davon dankend entgegen. Die anderen sind verschwunden. Sie findet sie schließlich draußen. Ihr ist es zu kalt, um darauf zu warten, bis sie mit ihren Zigaretten fertig sind. Malin dreht sich sauer um und verschwindet. Was nun?

Auf dem Weg zur Tanzfläche, wo sie Sarah vermutet, trifft sie einen alten Bekannten. Er bleibt stehen und kommt dann auf Malin zu, um sie zu begrüßen. »Hey, lange nicht mehr gesehen. Wie geht es dir?«

»Gut, danke, und dir?«

»Ja, passt.« Viel haben sich die zwei nicht zu sagen. Schließlich geht Malin weiter.

Auf der Tanzfläche entdeckt sie tatsächlich Sarah. Sie tanzt gerade mit einem Jungen. Soll sie nun stören oder nicht? Sarah beantwortet ihr die Frage, indem sie ihre Freundin mit auf die Tanzfläche holt. Beim Tanzen vergisst Malin ihre Sorgen. Sie tanzt so lange, bis sie nicht mehr kann. Dann sucht sie Justin.

Er steht an der Bar und trinkt zusammen mit Niklas ein Glas nach dem anderen. Der Inhalt sieht aus wie Wodka Bull. Malin fragt sich, sein wievieltes Glas es wohl sein mag.

»Da bist du ja, Schatz.« Justin hat seine Freundin bemerkt.

»Ja, ich war tanzen.« Eine Weile sieht sie ihn zu, doch irgendwann wird es ihr zu blöd. Sie schnappt sich Justin und zerrt ihn auf die Tanzfläche. Er scheint zuerst nicht sehr begeistert zu sein. Aber Malin lässt nicht locker und bald darauf tanzen sie.

Justins Laune scheint sich zu bessern.

Als sie nach Hause fahren, sitzen sie eng beieinander. In ihrer Stadt angekommen, verabschieden sie sich von den anderen. Mitten in der Nacht stehen sie dicht beieinander am Straßenrand. Malin kuschelt sich immer näher an ihn, um der Kälte zu entgehen. Er ist so schön warm und die Kälte ist ihr egal, solange er nur bei ihr ist.

»Möchtest du nicht noch mit zu mir kommen?«, fragt Justin leise. Malin überlegt einem Moment. Ihr Herz pocht ihr bis zum Hals. Ob er was vorhat? Am Ende entschließt sie sich, mitzugehen. Sie möchte ihn noch nicht verlassen. Er ergreift ihre Hand und sie gehen zu ihm nach Hause. Malins Herz scheint mit jedem Schritt noch mehr zu klopfen, das Atmen fällt ihr schwer. *Das meinen die Leute also immer, wenn sie sagen: Du raubst mir den Atem*, denkt sie.

Das Schloss knackt, die Tür geht auf. Leise schleichen sie sich in Justins Zimmer. Malin ist noch nie über Nacht bei ihm geblieben. Was soll sie nur machen? Das Zimmer ist schwach beleuchtet. Malin zieht ihre Jacke aus und wirft sie in die Ecke. Dann setzt sie sich auf einen der Sitzsäcke. Müde ist sie noch nicht, auch wenn es bereits zwei Uhr morgens ist. Justin macht Musik an. Malin steht auf und küsst ihn. Er hält sie fest und zieht sie zu sich. Sie sieht in seine hellbraunen Augen. Justin lächelt sie an. Malin hat die bekannten Schmetterlinge im Bauch. Diese scheinen heute besonders wild.

»Wollen wir ins Bett gehen?« Sie nickt und legt sich hin. Die Decke zieht sie bis ganz nach oben. Justin gesellt sich zu ihr. Er drückt ihr einen Kuss auf die Stirn. »Gute Nacht.« Malin ist enttäuscht und erleichtert zugleich, dass er sie zu nichts drängt. Müde schläft sie in seinen Armen ein.

Es ist fast schon Mittag. Draußen ist es grau. Regen fällt. Malin sieht aus dem Fenster und seufzt. Justin schläft noch neben ihr. Sie betrachtet ihn. Bei seinem Anblick muss sie lächeln. Wie süß er aussieht, wenn er schläft. Als er endlich aufwacht, sieht sie ihn noch immer an. Er lächelt kurz, küsst sie und Malin kuschelt sich noch einmal an ihn. Eine Stunde später stehen sie auf. Als sich Malin im Spiegel sieht, möchte sie sich am liebsten wieder unter der Decke verstecken. Ihre Haare sind zerzaust und die Wimperntusche sah auch mal besser aus. Schnell versucht sie sich einigermaßen in Ordnung zu bringen, während Justin Essen holt.

Als er zurückkommt, hat er einen Teller voller Brötchen dabei. Malin fragt sich, wer das wohl alles essen soll, doch sie greift hungrig zu.

Gegen Abend kommt sie nach Hause. Cindy springt ihr freudig entgegen.

»Hallo Mom.«

Ihre Mutter steht in der Küche. »Hallo Malin, hast du schon zu Abend gegessen?«

Sie verneint. Nachdem Malin kurz im Bad verschwunden ist und sich frische Sachen angezogen hat, ist der Tisch im Wohnzimmer bereits gedeckt. Sich fragend, ob ihre Mutter sie wegen der letzten Nacht ausfragen wird, greift sie zum Brot. Doch ihre Mutter macht keine Anstalten, Fragen zu stellen.

»Warst du schon mit Cindy draußen oder soll ich nachher noch mit ihr rausgehen?«, fragt Malin.

»Ich war nur heute Morgen mit ihr spazieren. Sie wird sich bestimmt über etwas Bewegung freuen.«

So zieht Malin nach dem Essen wieder ihren Mantel an und geht mit ihrem Hund nach draußen. Zum Glück regnet es nicht mehr. Plötzlich fängt Cindy an, freudig zu bellen. Sie wedelt mit dem Schwanz. Zuerst kann Malin den Grund nicht entdecken, bis ein brauner großer Hund auf sie zurennt. Es ist Jim. Kurz darauf folgt ihm auch Niklas. Er lacht.

»Jetzt weiß ich, warum Jim es so eilig hatte.«

Malin grinst.

»Sieh sich mal einer die beiden an«, meint er. Cindy und Jim tollen auf der Wiese herum.

»Sie sind echt süß zusammen«, meint Malin. Den Rest des Weges gehen sie gemeinsam weiter. Als sich ihre Wege trennen, sieht Cindy Jim traurig hinterher.

7 Sehnsucht

Es ist März. Justin fährt mit Niklas heute nach Südtirol. Männerurlaub, meinen sie nur. Was auch immer das genau heißen soll. Sie geht in die Küche, um sich etwas zum Essen zu machen, als ihr Handy klingelt. Es ist eine Nachricht von Sarah. Diese will die Gelegenheit für sich nutzen und den Abend mit Malin verbringen. Wenn die Jungs schon einen Männerurlaub machen, dann machen sie eben einen Mädchenabend, meint sie. Malin packt ihre Tasche und holt noch schnell im Supermarkt ein paar Kleinigkeiten zum Naschen. Evelyn und Alina sind bereits da. Sie sitzen in ihren Schlafanzügen auf den Boden und spielen. Was, sieht Malin erst bei näherem Betrachten. Es ist ein Trinkspiel. Man muss wie bei *Mensch ärgere dich nicht!* würfeln. Dann geht man die gewürfelte Zahl auf den Feldern vor. Jedes Feld hat eine andere Farbe. Je nachdem, auf welches Feld man kommt, muss man trinken, eine Frage beantworten oder wenn man Glück hat, gar nichts tun. Malin hatte das schon ein paar Mal mit Sarah gespielt.

»Also echt, könnt ihr nicht mal auf mich warten.«

Sarah winkt den Vorwurf beiseite. »Ich habe ihnen nur erklärt, wie es geht. Wir haben noch gar nicht richtig angefangen.«

Beruhigt lässt sich Malin auf dem Boden nieder.

»Mädchen, das ist eine Pyjamaparty.« Sarah weist auf Malins Kleidung hin.

»Ja, und?«

»Du hast eine Jeans an und einen Pullover, das ist geschummelt. Wenn, dann muss es schon wie das hier aussehen.« Sie zeigt auf ihre Kleidung.

»Mein Schlafanzug ist in der Tasche. Ich konnte ihn schlecht vorher anziehen. Oder denkst du, ich laufe im Laden im Pyjama rum?«

Alle kichern albern. »Wäre doch mal was anders.«

»Ja, sicher.« Malin verdreht die Augen. »Die hätten mich bestimmt für verrückt gehalten.«

»Ist doch egal, wir sind doch alle etwas verrückt.«

Eine Stunde später sitzen die Mädchen noch immer auf den Boden. Sie sind schon leicht beschwipst. Neben ihnen stehen zwei leere Sektflaschen. Die dritte ist schon angefangen.

»Rotes Feld. Pech gehabt. Alina, jetzt bist du dran. Hm, was fragen wir denn? Ah, ich hab' es! Alsooooooooo, wann oder wo und vor allen Dingen: Mit wem hast du das erste Mal geknutscht?« Sarah blickt Alina grinsend an.

Diese überlegt eine Weile. »Das war an meinem vierzehnten Geburtstag. Ein Kumpel hat einen Freund mitgebracht. Und, na ja, irgendwie hat sich das ergeben.«

»So, so ergeben.« Evelyn lacht.

Überraschend klingelt es an der Haustür. »Komisch, ich habe doch gar keinen mehr eingeladen.« Sarah steht auf und öffnet. Vor ihr steht Sam.

»Ah, mein Bruderherz. Ich dachte, du bist in London?«

»Bis vor ein paar Stunden war ich es auch noch. Aber mit der Zeit ist die große Stadt auch langweilig. Da dachte ich, ich besuche mal wieder meine Familie.«

Sarah hüpft aufgedreht vor ihm herum. Sie freut sich. »Also denkst du auch mal an uns?!«

»Sicher doch.«

Ihr Bruder arbeitet und studiert seit einem Jahr in London. Nur selten kommt er nach Hause. Malin kennt ihn fast schon so lange, wie sie Sarah kennt. Seit sie klein sind, waren sie oft zusammen. Er ist groß, schlank und sportlich. Mit seinem blonden Haar unterscheidet er sich trotzdem sehr von seiner Schwester. Sam hat inzwischen Malin bemerkt.

»Hi, wir haben uns ja schon ewig nicht mehr gesehen!« Er kommt auf sie zu und die zwei umarmen sich. Malin strahlt. Es ist schön, einen so alten Freund wiederzusehen.

»Gefällt es dir noch in London?«

Sam zuckt mit den Schultern. »Es ist inzwischen nicht mehr so aufregend.«

»Ach, du kannst mich gerne mal mitnehmen. Ich hätte nichts gegen London.«

»Das glaube ich dir. Vielleicht irgendwann mal. Und nur mal so 'ne Frage: Hat es einen Grund, dass ihr alle Pyjamas anhabt?«

»Sicher, Brüderchen, hast du noch nie was von einer Pyjamaparty gehört?«

»Klar, aber machen das wirklich welche?«

»Siehst du doch.«

»Störe ich?«

»Aber mitnichten. Sollte zwar ein Mädchenabend werden, aber weil du es bist, machen wir eine Ausnahme. Das ist Evelyn und das freche Mädchen neben ihr Alina.«

»Wieso frech?«, protestiert die.

»Och, einfach so.«

Sam albert mit den Mädchen herum. Man sieht Sarah an, dass sie glücklich ist, ihn wiederzusehen. Wenn sie und Malin allein sind, redet sie oft über Sam. Einmal meinte sie sogar, dass sie am liebsten mit ihm nach London gehen würde, doch sie könne Malin ja nicht allein lassen. Natürlich wusste diese, dass es noch andere Gründe gibt. Dass Sarah ihren Bruder vermisst, kann sie aber gut verstehen. Ihr ergeht es da nicht anders. Mehr als eine gelegentliche Mail ist nicht drin. Aber besser als gar kein Kontakt.

Später liegen die Mädchen in Sarahs Zimmer. Sam ist schlafen gegangen.

»Evelyn, rutsch mal!« Alina und Eve teilen sich die Couch, während Malin und Sarah es sich im Bett gemütlich gemacht haben. Von Ruhe und Schlaf kann keine Rede sein. Es klopft an der Tür.

»Sam, ich weiß, dass du es bist, sonst ist ja keiner außer uns da. Also, komm rein.« Sarah lacht. Sam macht die Tür auf und steckt seinen Kopf ins Zimmer. »Solltet ihr nicht mal schlafen?«

»Nee«, meint seine Schwester mit rausgestreckter Zunge.

»Na, wenn das so ist, kann ich dich kurz sprechen?«

Sarah runzelt de Stirn. »Ich denke, das lässt sich machen.« Sie steht auf und tappt über den kalten Boden. Die Tür schließt sich. Malin lauscht gespannt, aber sie kann nichts hören. Enttäuscht greift sie nach ihrem Handy. Keine Nachricht. Justin könnte wenigstens mal anrufen und sagen, wie es im Urlaub ist. Sarah kommt wieder ins Zimmer. In der Hand hält sie eine Handtasche. Stolz zeigt sie sie herum.

»Die hat mir mein Bruder mitgebracht. Manchmal ist er echt ein Schatz.« Strahlend stellt sie die Tasche auf ihren Schreibtisch. Ihre Augen wandern immer wieder zu ihrem Geschenk.

»Ach so, jetzt hätte ich es fast vergessen. Du sollst auch kurz zu ihm kommen.« Sie sieht Malin an. Diese ist überrascht. »Ich?«

»Nee, dein Doppelgänger. Natürlich du!«

Malin huscht schnell aus dem Zimmer und hüpft die Treppen hinunter. Wie lange sie schon nicht mehr in seinem Zimmer war. Als sie es betritt, ist noch alles wie beim letzten Mal. Sam sitzt am PC. Als er sie bemerkt, fragt er, ob sie sich verlaufen hat. Malin überlegt einen Moment, was er damit meinen könnte. Dann fällt ihr ein, dass sie ja ziemlich lange gebraucht hat. Oder besser gesagt Sarah, bis sie mal mit der Sprache rausrückte. »Sarah war so begeistert von der Tasche, dass sie mich ganz vergessen hat.« Sam lächelt. »Warum sollte ich zu dir kommen?«

»Ich wollte nur, dass du Bewegung hast.«

»Haha, sicher doch, dann kann ich ja wieder gehen.« Malin dreht sich zum Gehen um, aber Sam hält sie zurück. »Moment, erst muss ich dir was geben.« Er holt eine kleine Schachtel aus seiner Reisetasche und drückt sie in ihre Hand. Verblüfft starrt sie die kleine Schachtel in ihrer Hand an.

»Für mich!?«

»Ja, sicher, hab ich doch gesagt.«

»Darf ich es aufmachen?«

»Ich bestehe drauf.« Malin öffnet das Geschenk. Zum Vorschein kommt ein Schlüsselanhänger. Auf ihm ist das Wort London eingraviert.

»Danke, vielen Dank, der ist wunderschön.«

Sams Augen strahlen ebenso wie Malins. Sie umarmt ihn. »Aber womit habe ich den verdient?«

»Na ja, du bist immerhin für Sarah so etwas wie eine Schwester und für mich auch. Wir sind zusammen aufgewachsen. Da ist es nur gerecht, wenn du auch etwas bekommst.«

Malin ist zutiefst von Sams Worten gerührt. »Wie lange bleibst du hier?«, fragt sie schließlich.

Er überlegt eine Weile. »Ich bin mir noch nicht sicher. Das wird sich zeigen.«

»Okay, dann hoffe ich mal, dass du länger bleibst. Ich gehe lieber mal wieder hoch, sonst kommen sie noch auf falsche Gedanken.«

Die Mädchen sehen sie neugierig an, doch sie stellen keine Fragen. Malin hat den Anhänger in ihrer Hand versteckt. Als das Licht ausgeht, legt sie ihn heimlich in ihre Tasche. Glücklich schläft sie ein.

Die Erde bebt. Nein, es ist kein Erbeben. Verschlafen öffnet Malin die Augen. Sarah rüttelt an ihrer Schulter.

»Wach endlich auf, dein Handy klingelt.« Zuerst versteht sie nicht, was los ist. Bis sie endlich ihr Handy findet, hat es aufgehört zu klingeln.

»Verdammt, das war Justin. Jetzt habe ich seinen Anruf verpasst.« Seufzend legt sie sich wieder ins Bett. Gerade als sie wieder einschlafen will, klingelt es erneut.

»Ahh, Malin, mach dein Scheiß-Handy aus, oder verzieh dich ins Wohnzimmer und lass mich schlafen.«

Sarah ist verärgert. Malin murmelt eine leise Entschuldigung und klettert über ihre Freundin hinweg, die daraufhin leise stöhnt.

Dieses Mal ist es nur eine SMS. Malin drückt fröhlich ihr Handy an sich, es ist eine Nachricht von Justin.

Hey, Schatz, wir sind gut angekommen. Das Hotel ist klasse, nur essen möchte ich hier nichts. Heute gehen Niklas und ich erst mal in die Stadt. Ich liebe dich, bye.

»Ah, dein Schatz?!«

»Ja. Es ist toll in Südtirol.«

»Dann hätte er dich ja auch mitnehmen können.« Sarah dreht sich auf die andere Seite und schließt die Augen. Malin schweigt.

Malin sitzt am Fenster. Sie sieht hinaus auf die Straße. Draußen diskutiert ihr Nachbar mit jemandem. Cindy liegt neben ihr. Sie lässt ein herzhaftes Jaulen vernehmen. Malin sieht sie an.

»Du vermisst Jim stimmt's?«

Cindys braune Kulleraugen beobachten sie. »Ich vermisse Justin auch.« Sie umschlingt ihre Beine und stützt den Kopf auf ihnen ab. Wenn sie ihn nur nicht so vermissen würde. Warum kann er nicht hier sein, oder sie bei ihm? Das ist doch nicht gerecht. Die Woche will nicht vergehen. Es sind noch immer drei ganze lange Tage. Das erscheint ihr eindeutig zu lang. Malin greift nach einem Buch. Doch das verschafft ihr auch nicht genug Ablenkung. Sie schnappt ihre Kamera und geht mit Cindy nach draußen.

Irgendwie gehen die Tage dann doch vorbei. Endlich ist er wieder da. Sie macht sich gleich auf den Weg zu ihm.
Gut gelaunt öffnet er die Tür und Malin fällt ihm um den Hals. Na endlich! Endlich muss sie ihn nicht mehr vermissen.

8 Geheimes Vorhaben

Total fertig fällt Malin ins Bett. Die Woche war hart. Vier Arbeiten in der Schule, Training und sonst hatte sie auch viel zu tun. Es ist Freitag, aber sie geht nicht weg. Mit einem heißen Tee in der Hand macht sie es sich vor dem Fernseher gemütlich. Cindy hat sich an Malin gekuschelt. Ab und zu sieht sie interessiert die bewegten Bilder an. Um zehn Uhr geht das Licht aus.
Am Morgen klingelt der Wecker. Malin schaltet ihn noch im Halbschlaf aus und quält sich aus dem Bett. Sie macht sich fertig und geht mit einer großen Mappe aus dem Haus. Der Zug hat fünfzehn Minuten Verspätung, als er endlich einfährt. Nach einer Stunde hat Malin ihr Ziel erreicht. Es regnet leicht und die Stadt ist grau. Ein ungemütlicher Morgen. Sie holt einen Stadtplan aus ihrer Tasche und versucht, sich zu orientieren. Dann steigt sie in die Straßenbahn. Sie fährt an alten Gebäuden vorbei, die in der aufgehenden Sonne geheimnisvoll und wie aus einem düsteren Märchen aussehen. Es hat etwas Schönes an sich, stellt Malin fest. Diese gewaltigen Zeugen aus vergangener Zeit, wie die Kirche in der Stadtmitte. Malin beschließt, die Szene ein anderes

Mal mit ihrer Kamera festzuhalten. Erschrocken stellt sie fest, dass sie raus muss. Schnell springt sie zur Tür hinaus, als die Bahn hält.

Malin steht vor einem großen Gebäude. Sie atmet tief durch und geht hinein. Das Haus wirkt einladend. An den Wänden hängen Bilder mit den verschiedensten Motiven. Darunter sind auch viele Fotografien. Malin betrachtet sie eingehend. Ein Foto mit einer jungen Frau nimmt sie besonders gefangen. Die Frau hat langes schwarzes Haar. Sie sitzt auf einem Stuhl. Malin überlegt, warum sie das Bild so besonders findet, doch sie kommt nicht darauf.

»Sind Sie Fräulein Mendes?«

Malin dreht sich um. Vor ihr steht ein älterer Mann. Sein Haar ist grau und sein Gesicht voller Falten. Seine blauen Augen sehen sie aufmerksam und wach an.

»Ja, ich bin Malin Mendes. Sie sind dann sicherlich Herr Stepp?«

Der Mann nickt »Der bin ich, freut mich, Sie kennenzulernen.« Er reicht ihr die Hand. »Die Freude liegt ganz auf meiner Seite. Vielen Dank für Ihre Einladung.«

»Dann kommen wir mal zu unserem Anliegen. Kommen Sie, ich zeige Ihnen erst einmal alles.«

Als Malin Stunden später das Gebäude verlässt, fällt ihr ein, warum sie das Bild so schön fand. Die Frau hat sie an Sarah erinnert.

Am nächsten Tag schläft Malin bis zum späten Nachmittag. Als sie ihr Handy anschaltet, zeigt es ihr drei Nachrichten an. Die erste ist von Sarah. Sie möchte wissen, ob Malin Montag mit zum Tanzen geht. Die nächste ist von Alina, die fragt, wie es ihr geht und ob sie sich heute sehen. Justin möchte das Gleiche wissen. Malin antwortet kurz auf die SMS und geht dann unter die Dusche. Zurück in ihrem Zimmer hat sie eine neue Nachricht. Sie sind alle bei Alina und fragen, ob sie nicht auch kommt. Malin überlegt nicht lange und zieht sich an.

»Gut, dass du da bist. Wir wollten gerade zum Bus.«

»In die Stadt?! Ich bin doch gerade erst gekommen. Was wollen wir in der Stadt?« Malin fühlt sich etwas überrannt.

»Wir wollen in eine Bar gehen.« Na toll, warum kann ihr das keiner vorher sagen. Jetzt hat sie den Weg umsonst auf sich genommen. Sie hätte auch in ihrer Bushaltestelle einsteigen können. Nun ist es egal. Geht sie eben mit. Die Innenstadt ist voll, genauso wie die ganzen Bars. So kommt es, dass sie keinen Platz bekommen und nur ziellos durch die Stadt schlendern. Bis sie endlich ein einigermaßen freies Lokal gefunden haben, ist es nach dreiundzwanzig Uhr. Malin ist leicht genervt. Und nicht nur sie. Wenigstens ist die Bar okay.

Justin gibt Malin einen Drink aus. Die Stimmung bessert sich. Alina sitzt neben Malin, die beiden tuscheln kichernd. Niklas leert sein siebtes Glas und ist gut angetrunken. Außerdem sind noch Jack, Felix und Floh da.

Jack ist der älteste von allen. Er ist zwanzig Jahre alt und arbeitet als Schlosser. Felix und Floh sind Zwillinge, auch wenn man es kaum glauben mag. Sie unterscheiden sich nicht nur in ihrem Stil sondern auch maßgeblich in ihrer Art. Felix läuft immer in übergroßen Jacken und Oberteilen herum, die mit ihren auffälligen Mustern jedem ins Auge fallen. Er ist der Besserwisser von beiden. Hingegen ist Floh ein umgänglicher Mensch, der immer einen lockeren Spruch auf den Lippen hat. Malin kennt sie von der Party, bei der Justin die Bar bedient hatte. Es ist drei Uhr morgens, als sie aus der Bar kommen. Nun müssen sie entscheiden, Taxi oder laufen? Es wird sich für Letzteres entschieden. Da ist er wieder, einer der Momente, wo Malin sich wünscht, dass es endlich wärmer wird.

9 Zweifel

Schon wieder einer dieser Tage. Alles scheint schiefzugehen. Dazu kommt, dass Justin auffällig abweisend ist. Warum, weiß Malin nicht. Er schweigt. Immer dieses Schweigen. Ihr wäre es lieber, er würde mit ihr streiten. Dann wüsste sie wenigstens, was los ist.

Malin findet keine Ruhe, sie schaltet den Computer an, macht ihn wieder aus. Dann versucht sie es mit etwas anderem. Nichts funktioniert. Am liebsten würde sie …, ja was? Etwas ändern, das ist klar. Gewissheit schaffen. Doch wie soll sie das anstellen? Mit ihm reden?

Justin schweigt sowieso wieder, das hat keinen Wert. Oder soll sie es doch versuchen? Sie ist unsicher. Vielleicht sollte sie ihm einfach noch Zeit geben. Nur wie lange? Tagelang kann das nicht mehr so weitergehen, das hält sie nicht aus!

Malin pfeift Cindy zu sich und stürmt regelrecht aus der Wohnung. Sie schnappt sich ihre Inliner und veranstaltet ein Wettrennen mit Cindy. Der gefällt die Aktion.

Langsam wandelt sich Malins Ärger in Wut um. Vor lauter Übermut ist sie unvorsichtig und in einem unachtsamen Moment übersieht sie einen Stein. Sie fällt hart auf den Betonboden.

»Scheiße, verdammte scheiße!« Malin flucht vor sich hin, während Cindy näherkommt und besorgt ihr Frauchen betrachtet. Malins Knie ist aufgeschürft genauso wie ihre Arme. Als sie aufstehen will, fährt ein stechender Schmerz in ihr Bein. Sie sinkt wieder auf den Boden zurück.

»Na, toll, was jetzt, Cindy? Was würde Lassie jetzt tun?« Natürlich erhält sie keine Antwort. Malin ist zum Heulen zumute. Hätte sie nur ein bisschen mehr aufgepasst oder sich wenigstens Schoner angezogen, statt kopflos aus der Wohnung zu rennen. Nun ist es zu spät. Was passiert ist, ist passiert.

Das Blut läuft an ihrem Bein herunter. Da fällt ihr die rettende Idee ein. Sie holt ihr Handy aus der Hosentasche und ruft Sarah an. »Hey, Sarah, kannst du mir bitte einen Gefallen tun?«

»Kommt drauf an, was ist denn los, Süße?«

»Ich habe Mist gebaut«, gibt sie ehrlich zu. »Was hast du denn angestellt?«

»Ich war mit Cindy unterwegs und bin gestürzt. Irgendwas ist mit meinem Bein oder Fuß, ich weiß nicht. Tut beides weh. Ich komme hier nicht weg. Kannst du mich abholen?«

»Sicher doch, wo bist du genau?« Sarah klingt besorgt. Wenig später ist sie da.

»Oh je, das sieht ja gar nicht gut aus. Hätte ich gewusst, dass es so schlimm ist, hätte ich mir Verstärkung geholt.«

»Ha, ha, bringt mich einfach hier weg, okay?«

Sarah packt Malin unterm Arm und hilft ihr beim Aufstehen. Diese verzieht schmerzvoll das Gesicht.
»Kannst du auftreten?«
»Nee, nicht richtig.«
»Ich würde sagen, wir gehen zum Arzt, der soll sich das ansehen.«
Der Fuß ist verstaucht und das Bein leicht geschwollen. Malin sitzt im Behandlungszimmer. Ihr Bein, der Fuß und der Arm sind verbunden. Der Schmerz lässt nicht nach. Sarah ist die ganze Zeit über bei ihr geblieben.
»Sag mal, warum hast du eigentlich nicht Justin angerufen? Er wohnt doch viel näher bei dir.«
Malin zögert. Schließlich erzählt sie, was los ist. »Er ist zurzeit so abweisend. Ich weiß nicht, was los ist.« Eine Träne kullert über ihre Wange. Sarah nimmt sie in den Arm. »Dann rede mit ihm.«
»Ach, der will doch gar nicht reden.«
»Dann muss er es eben! Ob er will oder nicht.«
Malin überlegt. Sarah hat bestimmt recht. »Weißt du, ich finde es nur komisch. Wenn er mich wirklich liebt, warum ist er dann so? Kann er nicht mit mir reden?«
Sarah hat keine Antwort.
Noch am Abend schreibt Malin eine SMS, in der sie ihm mitteilt, dass sie ihn sehen möchte. Es dauert eine Weile, bis er reagiert. Sonst hat sie sich über jede Nachricht von ihm gefreut. Doch heute sind ihre Gefühle anders. Sie hat Angst. Er bedeutet ihr zu viel, als dass sie ihn verlieren möchte. Malin möchte bei ihm sein, egal, was passiert, das weiß sie. Hauptsache, er ist bei ihr. Mehr will sie doch gar nicht.
Sie verabredet sich mit Justin für den nächsten Abend. So lange bleibt sie im Ungewissen. Immer wieder befällt sie die Angst. Die Angst, ihn zu verlieren. Immerhin ist er für sie eine der wichtigsten Personen der Welt.

Sie atmet schnell, obwohl sie langsam geht. Malin zögert das Treffen mit ihm heraus. Vor der Tür bleibt sie noch einmal stehen und atmet tief durch. Jetzt nur nicht die Nerven verlieren.
Justin öffnet ihr. Auch jetzt ist er auffallend ruhig. Er lächelt, aber es

ist nicht das gleiche Lächeln als sonst. Kein Begrüßungskuss, keine Umarmung.

Malins Angst wächst von Minute zu Minute. Sie geht mit ihm in sein Zimmer. Malin nimmt eine ungewohnte Ruhe wahr, die Musik läuft nicht wie sonst. Sie setzt sich aufs Bett. Er setzt sich neben sie. Es ist ein Abstand zwischen ihnen. Malin fällt nicht ein, was sie sagen könnte. Schließlich fragt Justin, ob sie was trinken möchte.

»Nein danke, aber weißt du, was ich will?« Er sieht sie nur fragend an. »Ich möchte wissen, was los ist. Du redest momentan kaum mit mir.«

Justin ringt mit sich, das kann Malin sehen.

»Es ist nur ... im Moment ist alles scheiße.«

Sie wartet darauf, dass er weiterredet.

»Was denn alles?«

»Alles eben. Es tut mir leid, wenn ich es an dir ausgelassen habe.« Justin sieht ihr in die Augen. Malin warten einen Moment, dann rutscht sie näher zu ihm und küsst ihn zärtlich auf die Stirn. Er schmiegt seinen Kopf an sie. So sitzen sie da. Keiner sagt etwas. Aber das ist in diesem Moment auch gar nicht nötig.

Als Malin gehen will, hat sich Justins Laune gebessert. »Kannst du nicht noch bleiben?«

Sie seufzt. »Morgen ist Mittwoch, ich habe Schule.« Aber sie kann ihm doch nicht widerstehen. Die Küsse nehmen kein Ende. Es ist als wollten sie das Versäumte der letzten Tage nachholen. Vielleicht stimmt das sogar. Doch letztendlich ist es egal. Hauptsache, sie ist bei ihm und er bei ihr.

»Sag mal, was ist mit deinem Bein? Bilde ich es mir nur ein oder hast du vorhin gehumpelt?«

Malin lacht. »Ja, das ist eine wüste Geschichte. Ich bin gestürzt. Mein Fuß ist verstaucht.«

»Zeig mal.«

Sie krempelt ihr Hosenbein hoch und die Arme. »Das sieht aber nicht gut aus.«

»Das hat Sarah auch gemeint. Es geht schon wieder. Wirklich.« Okay, das war gelogen.

»Kannst du überhaupt so nach Hause gehen?«

»Muss ich wohl, ich kann ja wohl schlecht deshalb die Schule morgen schwänzen. Immerhin bin ich ja auch hierher gekommen.«

Zugegebenermaßen hatte sie die dreifache Zeit gebraucht. Aber sie hatte sich auch Zeit gelassen.

»Soll ich dich nach Hause begleiten?«

»Nein, geht schon.«

Justin gibt sich damit zufrieden.

Nachdem sie sein Haus verlassen hat, sind ihre Zweifel trotz allem noch nicht völlig gewichen. Weiß er nicht, dass er ihr vertrauen kann, dass er ihr alles erzählen kann, oder will er es einfach nicht? Ihr kommt es so vor, als wenn ihr Fuß mehr als zuvor schmerzt.

Endlich einmal ein warmer Märztag. Die Sonne scheint und weckt in Malin Frühlingsgefühle. Fröhlich schlendert sie durch die Stadt. Sie benutzt ihr Handy als MP3-Player und bewegt sich im Takt der Musik. Die Leute sehen sie bereits komisch an, aber das ist ihr egal. Sollen ruhig alle sehen, wie glücklich sie ist.

Auf der Straße entdeckt sie zufällig Niklas. Er lächelt, als er sie erblickt und kommt auf ihre Straßenseite. Jim ist schneller als er und springt an Malin hoch.

»Hey, du, nicht so stürmisch. Cindy ist leider zu Hause.«

Inzwischen hat es auch Niklas zu ihnen geschafft. »Jim, hier werden keine Damen belästigt. Auch unterwegs?«

Malin nickt. »Ich bin gerade auf den Weg zu Sarah und dann treffe ich mich noch mit Justin.«

»Ah, daher die gute Laune.« Er schmunzelt. Malins Lächeln ist Antwort genug.

»Also, ich muss weiter, sonst verpasse ich den Bus. Man sieht sich.« Mit diesen Worten eilt er davon.

Sarah hat sich heute auffallend hübsch gemacht. Über ihre schlanke Figur hat sie ein enges rotes Kleid gezogen. Malin betrachtet sie misstrauisch. Sarah entgeht Malins Blick nicht.

»Ist ja okay, ich treffe mich nachher noch mit jemandem.«

Sie sieht Sarah noch immer neugierig an. »Und mit wem?«

Sarah seufzt. »Du kennst ihn nicht. Er arbeitet als Kellner in einer Bar.«

Kellner also. Malin würde gerne mehr erfahren, doch Sarah scheint keine Lust zu haben, ihr alles zu erzählen.

»Und wann musst du gehen?«

»Um acht.«

Irgendwie ist Malin eifersüchtig. Sonst nimmt sich Sarah immer Zeit für sie. Sicher ist ihr Denken übertrieben. Es ist ja nichts Neues, dass Sarah sich mit Jungs trifft.

»Guck mich nicht so böse an, du triffst dich nachher eh mit Justin. Ach, komm, Sam ist in seinem Zimmer. Vielleicht kann der dich wieder aufmuntern und für mich ein gutes Wort einlegen.«

Tatsächlich kann Sam Malins Laune bessern.

Wieder gut gelaunt kommt Malin zu Hause an. Es ist auch höchste Zeit, Justin will in fünf Minuten kommen. Schnell stellt sie ihre Tasche in die Ecke und schaut noch kurz in den Spiegel. Der Wind hat ihre Haare leicht zerzaust. Sie huscht ins Bad, um eine Bürste zu holen, als es auch schon klingelt. Auf den Weg zur Tür kämmt sie hektisch ihr Haar und lässt die Bürste in einer Ecke verschwinden.

»Hi, Justin.« Er sieht sie strahlend an. »Schön, dass du da bist.«

Zusammen sehen sie einen Film an. Als Malins Mutter am späten Abend nach Hause kommt, findet sie die beiden kuschelnd vor dem Fernseher.

Spät nachts geht Malin ins Bett. Sie lächelt. Der Grund für ihr Lächeln ist nicht nur Justin, sondern auch das, was Sam ihr in einem unbeobachteten Moment erzählt hat. Er meinte zu ihr, dass es dieses Mal was Ernstes bei Sarah zu werden scheint. Das wäre wahrlich mal was Neues.

10 Überraschungsparty

Zum ersten Mal spürt Malin ein Glück von einer Art, die sie nicht kannte. Es ist eine Empfindung, die den ganzen Körper durchströmt. Sie hat das Gefühl, dass, egal, was passiert, alles in Ordnung ist, solange Justin da ist. Wenn er sie berührt, berührt er nicht nur ihren Körper sondern auch ihre Seele. Niemand hat so viel Macht über sie. Niemand darf so nahe an sie heran, außer er. Er ist der Einzige und soll es auch bleiben.

Malin ruft Sarah an, sie wollen eine Überraschungsparty für Alina organisieren. Die hat diese Woche Geburtstag. Zusammen planen sie die Party. Jeder soll etwas mitbringen. Nur wo alles stattfinden soll, ist noch immer nicht sicher. Sarahs Eltern sind nicht so begeistert von einer Party. Bei Malin ist es auch schlecht. Doch vielleicht kann sie ihre Mutter überreden. Einen Versuch ist es wert.

Sofort werden die anderen informiert und in die Überraschung eingeweiht. Alle sind von der Idee begeistert. Niklas will sich sogar an der Organisation beteiligen. Es dauert nicht lange und die Sache steht. Fehlt immer noch der Ort. Malin spricht mit ihrer Mutter. Nach langem Überreden klappt es schließlich. Ihre Mutter willigt ein. Damit ist auch das Wichtigste geklärt.

Am Samstagmorgen geht Malin ein Geschenk für Alina kaufen und den restlichen Kram, der noch fehlt. Sie wird fündig und kommt unerhofft früh zurück nach Hause. Genug Zeit, um noch eine Torte zu backen.

Wenn sie doch nur etwas geschickter in der Küche wäre. Vielleicht ist es besser, Unterstützung zu holen? Nee, das schafft sie schon, wäre doch gelacht. Aus einem alten verstaubten Regal holt sie ein Kochbuch. *Mal sehen, was es hier so gibt,* denkt sie. Schokotorte!

Schokolade ist immer gut. Oder doch lieber eine Sahnetorte? Gar nicht so einfach bei der Auswahl. Sieht alles lecker aus. Nimmt sie eben das

Einfachste. Doch schon beim Durchlesen des Rezeptes kommen ihr erste Zweifel. Die Schokotorte klingt aber machbar.

In der Küche sucht sie nach den Zutaten. Die Schokolade reicht nicht. Also noch einmal einkaufen gehen. Schnell läuft sie zum nächstgelegenen Supermarkt. Dann macht sie sich an die Arbeit. Das Mehl fällt auf den Boden und am Ende verbrennt auch noch der Tortenboden. Verzweifelt versucht sie die Situation zu retten. Letztlich hängt sie am Telefon, um Sarah um Hilfe zu bitten. Diese erscheint innerhalb einer halben Stunde. Amüsiert betrachtet sie die Küche.

»Hier sieht es ja aus wie auf dem Schlachtfeld. Wolltest du jemanden ermorden?« Sie hält sich vor Lachen den Bauch.

»Nein, natürlich nicht! Du bist gemein.«

»Och, nicht beleidigt sein, Süße, wir bringen das schon in Ordnung. Was wolltest du denn machen?«

»Eine Schokoladentorte.«

»Na, dann zeig mal das Rezept.« Sarah liest sich das Rezept in aller Ruhe durch. Dann macht sie sich ans Werk. Umgehend hat sie einen neuen Teig zubereitet und schiebt ihn in den Ofen.

»Das braucht jetzt erst einmal eine Weile. Wir müssen noch den Rest machen. Aber erst räumen wir den Saustall auf.«

Bis der Tortenboden fertig ist, ist auch die Küche wieder einigermaßen sauber.

»Ich mach schnell noch das letzte bisschen hier fertig. Du kannst ja so lange duschen gehen. Du siehst aus ...«

Sarah sieht Malin von oben bis unten an. Diese tut dasselbe und muss feststellen, dass sie voller Mehl und Schokolade ist. So kann sie sich natürlich nirgends blicken lassen. Als sie frisch geduscht in die Küche kommt, steht der Kuchenboden auf der Arbeitsfläche. Daneben eine Schüssel mit einer dunklen Schokomasse. Sarah ist gerade nirgends zu sehen. Dann kann man ja mal ...

»Schon wieder am Naschen? Schäme dich.« Erwischt.

»Ich muss ja wissen, wie es schmeckt. Und ich muss sagen, gar nicht übel.«

»Nicht übel?«.

»Super.« Malin grinst.

Ein Lächeln huscht über Sarahs Gesicht. »Dann können wir die Masse ja auf den Kuchen bringen.« Am Ende steht vor ihnen eine herrliche Torte mit siebzehn Kerzen.

Es klingelt an der Tür. Evelyn kommt mit Niklas im Schlepptau. Zusammen dekorieren sie das Wohnzimmer. So langsam kommen auch die restlichen Gäste. Justin ist auch dabei. Malin findet, dass er heute besonders gut aussieht. Bei seinem Anblick wird sie ganz schwach. Fast schämt sie sich schon dafür.

»Hey, mein Schatz, schön, dass du da bist.« Sie küsst ihn lange. Zu lange, wie Sarah findet und die zwei schließlich auseinander drängt.

Das Zimmer wird von Minute zur Minute voller. Der Lärmpegel steigt. Malin muss sie zur Ruhe auffordern.

»Pst, Leute, es soll eine Überraschungsparty sein. Wenn man uns schon drei Häuser weiter hört, ist die Überraschung hinüber. Sie wollte gleich kommen. Also, Licht aus und Ruhe!«

Lange Zeit tut sich nichts. Alina lässt auf sich warten.

»Sag mal, hättest du das nicht ein bisschen besser planen können?«, zischt Niklas.

»Sorry, sie sagte, sie will um achtzehn Uhr da sein. Ich hatte mit ihr ausgemacht, dass wir was trinken gehen.«

Endlich klingelt es.

»Das muss sie sein, ich gehe.«

Malin öffnet die Tür. »Hi, Alina, endlich. Ich hab schon gewartet. Alles Gute zum Geburtstag.«

»Danke.«

In diesem Moment geht das Licht an. Alina weiß erst gar nicht, wie ihr geschieht, und kreischt überrascht auf.

»Wir haben eine kleine Überraschung für dich.« Malin führt sie ins Wohnzimmer, wo alle um einen großen Tisch stehen, auf dem sich die Geschenke stapeln.

»Das ist echt alles für mich?« Alina kann ihr Glück gar nicht fassen.

»Sicher, wer hat denn sonst noch Geburtstag?«

Es entsteht ein großes Gedränge. Jeder will ihr gratulieren. Alinas Freude kann jeder sehen. Sie strahlt und packt eifrig ihre Präsente aus.

»So, jetzt wird es aber Zeit für den Kuchen«, beschließt Malin. »Den haben wir selbst gemacht, also Sarah und ich. Okay, eher Sarah, als ich«, muss sie letztendlich zugeben.

Die Party war ein voller Erfolg. So langsam gehen alle. Malin verabschiedet sich von Alina und Sarah.

Jetzt ist nur noch Justin da. Er kommt näher und küsst ihren Nacken. Seine Hände gleiten unter ihren Pullover. Malin dreht sich zu ihm um und streckt ihre Arme nach oben. Justin streift ihr das Oberteil ab. Sie küsst ihn, während er sie weiter auszieht. Seine Küsse sind süß, Malins Herz rast. Schließlich steht sie da, nur noch in Unterwäsche und verdeckt von ihrem langem Haar, das ihr fast bis zu Taille reicht. Nun beginnt sie, ihn auszuziehen. Sie öffnet seinen Gürtel, streift die Hose herunter. Justin zieht sein Oberteil aus.

Langsam drängt er sie aufs Bett. Malin lässt sich in die weichen Kissen sinken, während er sich über sie beugt. Er küsst sie, erst auf den Mund. Dann wandert er weiter nach unten. Malins Körper zittert unter seinen Berührungen. Sie zieht ihn an sich, er zieht sie vollständig aus. Sein Körper ist über ihr.

Am nächsten Morgen erwacht sie in seinen Armen. Justin schläft noch. Malin schließt wieder die Augen. Sie hat keine Eile mit dem Aufstehen, denn das Chaos von der Party hat sich über Nacht sicherlich nicht aufgelöst. Und wer räumt schon gerne auf?!

11 Ben

Malin spielt mit dem Medaillon, das sie um ihren Hals trägt. Sie hält es in der Hand, dreht es einige Male um und betrachtet die Muster. Eigentlich kennt sie es gut genug. Unzählige Male hatte sie es in der Hand. Aus irgendeinem Grund bedeutet es ihr viel. Sie hat das Schmuckstück lieb gewonnen.

Doch es ist auch etwas neu an ihm und zwar der Inhalt. Bis vor Kurzem war es leer gewesen. Als Malin es nun öffnet, kommt ein kleines

Foto von Justin zum Vorschein. In der anderen Hälfte steht ein kurzer Text in kleiner Schrift. Er ist kaum lesbar.

Sarah kommt in ihr Zimmer. Malin dreht sich überrascht um. »Hi, Süße. Deine Mutter hat mich reingelassen.« Malin war so in Gedanken versunken gewesen, dass sie das Klingeln gar nicht wahrgenommen hat.

»Hey, ich habe dich gar nicht erwartet.«

»Ja, wie denn auch?« Sarah ist irgendwie etwas unruhig. Sie spielt mit ihrem Schal. »War in der Gegend und dachte, ich komme mal vorbei.«

Malin sieht sie besser wissend an. Sarah lacht. Es ist ein nervöses Lachen. »Ja okay, ich wollte zu dir. Ich hatte dir doch von dem Kellner erzählt. Erinnerst du dich noch?« Sie nickt. »Nun, es ist so, wir sind jetzt zusammen.«

Malin möchte ihren Ohren nicht trauen. Seit wann ist Sarah mit jemandem zusammen? Die längste Beziehung, die sie je hatte, war mit einem vierzehnjährigen Jungen, sie selbst war gerade mal dreizehn. Und die ganze Geschichte lief auch nur zwei Wochen. Danach folgten nur Affären und Flirts aber nie etwas Ernstes. Sarah wollte sich nie binden, dazu war sie zu freiheitsliebend.

»Ähm, Malin?«

»Sorry, ich war gerade nur etwas sprachlos. Ich meine, na ja, das ist mal was Anderes.«

»Mehr hast du dazu nicht zu sagen?«

Malin überlegt kurz. »Doch, ich finde es gut.« Sie stupst ihre Freundin an.

»Ehrlich gesagt, macht es mir ein bisschen Angst«, gibt Sarah zu.

Jetzt muss Malin wirklich lachen.

»Was denn?«

»Na, du und Angst?! Das ist ungewöhnlich. Manchmal muss man eben auch Neues wagen.«

Sarah scheint sich noch immer unsicher zu sein. »Ich möchte jedenfalls, dass du ihn kennenlernst. Wir wollen morgen weggehen. Kommst du mit?«

Da überlegt sie nicht lange. Natürlich möchte sie diesen Kerl kennenlernen.

»Wie heißt er eigentlich?« Sarah lächelt. »Benjamin.«

Malin wartet vor einem Lokal. Es regnet leicht. Sie versucht in ihrem Mantel etwas Schutz zu finden und zieht die Kapuze über ihre Haare. Bei diesem Wetter könnten sie sich ruhig etwas beeilen. Malin muss draußen warten. Der Tisch ist auf Bens Namen reserviert.

Sie sieht auf die Uhr. Zweiundzwanzig nach acht, sie wollten schon vor fast einer halben Stunde da sein. So langsam ist Malin genervt. Normalerweise ist Sarah immer pünktlich. Ob etwas passiert ist? Ihre Sorgen werden nicht bestätigt, denn Sarah taucht mit einem Mann an ihrer Seite auf. Malin sieht in genauer an. Er ist groß, hat blondes Haar und eine gepflegte Erscheinung. Nun kann Malin auch verstehen, warum er ihre Freundin so in den Bann zieht. Nicht nur sein Aussehen, sondern auch seine Ausstrahlung hat etwas Besonderes an sich.

Er hält ihr die Hand hin und stellt sich vor. »Hallo, entschuldige, dass wir so spät dran sind. Wir standen im Stau, vor uns gab es einen Unfall. Das absolute Chaos.«

Malin macht eine abwehrende Geste »Schon gut, lasst und reingehen.«

Benjamin redet mit dem Barbesitzer. Verärgert kommt er zu den zwei Mädchen zurück.

»Die Idioten haben vergessen, die Reservation zu notieren und die Tische sind alle belegt. Wenn wir hier bleiben, müssen wir noch eine Weile warten. Ich schlage vor, wir gehen woandershin.

Ich kenne eine kleine Bar hier in der Nähe. Dort habe ich vor einigen Jahren mal gearbeitet. Da lässt sich bestimmt was machen. Was meint ihr?«

»Klingt super oder?« Sarah sieht Malin an, diese stimmt zu.

So machen sie sich auf den Weg in die nächste Bar. Sie ist wirklich schön, wie Malin feststellt. Allerdings auch ziemlich voll. Hoffentlich bekommen sie einen Platz. Ben meint, er regelt das und tatsächlich, nach wenigen Minuten sitzen sie in einer gemütlichen Ecke. Malin bestellt einen Malibu Sunrise und lehnt sich zurück. Es wird Zeit, mehr über Ben zu erfahren.

»Du hast also hier einmal gearbeitet?«

»Ja, vor circa drei Jahren. Ich habe hier praktisch angefangen. Es ist eine tolle Bar für einen Anfang.«

»Und sonst, arbeitest du nur in Bars?«

»Nein, ich arbeite inzwischen in einem angesehenen Restaurant und ab und zu noch als Barkeeper.«

»Aha.« Malin findet diese Tatsachen ein wenig beunruhigend. Man weiß doch, wie solche Leute drauf sind. Nach der Arbeit mal schnell eine abschleppen, oder ein paar mehr. Das kann nicht das Wahre für Sarah sein. Und verdient man überhaupt genug, in dem Job? Als ob Sarah Malins Gedanken lesen kann, fängt sie an über ihn zu reden: »Ben hat eine eigene Wohnung in der Innenstadt und einen tollen Musikgeschmack. Du musst mal sein Essen probieren und erst seine Cocktails.«

Sarah kommt aus dem Schwärmen gar nicht mehr heraus. So hat Malin sie noch nie erlebt. Sie scheint wirklich glücklich zu sein. Vielleicht ist dieser Typ doch ganz in Ordnung. Mal sehen. Der Abend ist nett. Benjamin übernimmt die Rechnung, aber wahrscheinlich bekommt er auch Rabatt. Er unterhält sich noch kurz mit der Bedienung. Dann gehen sie.

»Wollen wir gleich nach Hause oder soll ich noch die von Sarah so hochgelobten Kochkünste unter Beweis stellen?«

»Oh ja, das ist eine super Idee, Schatz.«

Malin hat eigentlich keine Lust, noch mit zu ihm zu gehen. Sie möchte lieber ins Bett. Aber bei Sarahs freudiger Miene kann sie nicht Nein sagen. Ben fährt sie zu seiner Wohnung. Diese ist geräumig und stilvoll eingerichtet. Malin fragt sich, wie er sich die Wohnung wohl leisten kann. Er verschwindet in die Küche, um das Essen vorzubereiten und bittet die Mädchen, Platz zu nehmen. Malin und Sarah unterhalten sich. Dann steht Sarah auf, um ihrem Freund zu helfen.

Die zwei albern in der Küche rum. Sarah flüstert ihm etwas ins Ohr, sie küssen sich. Malin beobachtet sie heimlich. Kann es sein, dass sie wirklich eifersüchtig auf ihn ist? Bis jetzt war für Sarah immer sie das Wichtigste. Und nun … Sie seufzt, Dinge ändern sich. Das Einzige, das zählt, ist, dass sie glücklich ist. Bei dem Gedanken lächelt Malin. Die zwei decken den Tisch. Malin bietet ihre Hilfe an, doch sie wird abgelehnt. Ben hat Spaghetti mit einer Pilzrahmensoße gekocht und Salat. Jetzt bekommt Malin doch Hunger. Das Essen schmeckt vorzüglich, beschämt muss sie an ihre Kochkünste denken.

»Schmeckt es?«

»Ja, super.«

Sie bleiben noch eine Weile bei ihm. Dann fährt er sie nach Hause.

Malin ist nachdenklich, als sie ihr Zimmer betritt. Sarah und Ben scheinen gut zusammenzupassen. Er scheint sie glücklich zu machen. Wie schön es ist, glücklich zu sein. Egal, was die Menschen in ihrem Leben erreichen wollen, ob nun reich zu werden, eine Familie zu gründet, berühmt zu werden … am Ende streben sie doch alle nach dem Glück. Denn nichts erfüllt einen Menschen so sehr wie dieses Gefühl. Außer vielleicht die Liebe selbst. Wenn man liebt, muss nicht alles perfekt sein, das ist gar nicht so wichtig. Man muss nur lieben und geliebt werden. Fehler kann man verzeihen. Vielleicht nicht alle aber die meisten. Und schließlich machen Fehler den Menschen aus, genauso wie seine Stärken. Auch sie hat Fehler, so wie jeder.

Am nächsten Tag erhält sie eine SMS von Justin. Er will sie sehen. Die zwei verabreden sich und Malin macht sich auf den Weg zu ihm. Sie hat ihn schon einige Tage nicht mehr gesehen, umso größer ist ihre Freude, als er vor ihr steht. Ihr Herz schlägt so schnell wie am ersten Tag. Kann es nicht für immer so bleiben? Dass er bei ihr ist, dass sie hier sitzen, sich aneinanderkuscheln, sich fühlen … Malin bezweifelt, dass ihr dieses Glück auf Dauer vergönnt sein wird. Auch wenn es momentan das ist, was sie am meisten will, heißt das noch lange nicht, dass sie es bekommt.

Justin drückt ihr einen Kuss auf die Wange und befreit Malin damit für einen Moment von ihren Gedanken. Sie genießt es, bei ihm zu sein, wenn für eine Weile alle Sorgen klein erscheinen, alle Ängste besiegbar, dann ist die Welt für kurze Zeit in Ordnung.

Am Abend steht sie vor dem Spiegel im Bad. Sie hält das Medaillon in ihrer Hand, öffnet es und liest die Inschrift erneut.

12 Auseinandersetzungen

Endlich ist Mai. Die Tage werden wärmer. Das wollen sie ausnützen und so beschließen Malin, Justin, Evelyn, Niklas und Alina das erste Wochenende des beginnenden Frühlings mit einer kleinen Freilandparty zu begrüßen. An einem Samstagnachmittag packen sie ihre Grillsachen, Decken und etwas zum Trinken ein und machen sich auf den Weg in den Wald.

Dort wollen sie eine Grillstelle finden. Niklas kennt sich ein bisschen in der Gegend aus und führt sie zu einem geeigneten Platz. Man sieht, dass die Feuerstelle länger nicht im Gebrauch war und so müssen sie erst einmal alles in Ordnung bringen.

Malin geht mit Evelyn und Alina in den Wald, um nach Holz zu suchen. Doch es ist kein leichtes Unternehmen, um in dieser Jahreszeit trockenes Holz zu finden. Zum Glück war Niklas so vorausdenkend und hat wenigstens einen kleinen Vorrat an Holz mitgenommen. Praktisch, wenn man zu Hause einen Ofen hat. So ist das Feuer bald entfacht. Alina ist schon ganz ungeduldig.

»Ich hab Hunger. Wann können wir endlich die Wurst grillen?«

Niklas ist über ihre Ungeduld belustigt. »Sag mal, bekommst du zu Hause nichts zu essen?«

»Haha, sicher bekomme ich was. Hab trotzdem Hunger. Lass mich doch.«

Die beiden necken sich noch eine Weile. Evelyn schüttelt den Kopf.

»Ich hab noch Salat gemacht und Muffins. Also, wenn du es gar nicht mehr aushalten kannst, bedien dich«, sagt sie.

»Warum hast du das nicht gleich gesagt? Her mit den Muffins!« Alina beißt genüsslich in einen Schokomuffin. Währenddessen sieht sich Malin nach Justin um. Er spießt gerade die ersten Würste auf. Malin geht zu ihm. Sie umarmt ihn von hinten und beobachtet ihn bei seiner Arbeit. Als er fertig ist, drückt er ihr einen Holzspieß in die Hand. Sie bedankt sich mit einem Kuss. Dann setzt sie sich an die Grillstelle und starrt in das Feuer. Bald sitzen sie alle um das Feuer und grillen.

»Und wo bleibt jetzt das Trinken?«, will Alina wissen.

Niklas kramt aus einem Rucksack einige Flaschen hervor.

»Schon besser.«

Langsam wird es dunkel und damit auch kälter. Malin holt sich eine Decke und wickelt sich darin ein. Sie schmiegt sich so eng wie es geht an Justin. Er legt seinen Arm um sie. Die Schatten des Feuers huschen über ihre Gesichter. Niklas und Alina fangen an, ein albernes Lied zu singen. Sie müssen über ihre falschen Töne lachen. Da erblickt Niklas sich nähernde Menschen. Im Dunklen kann man erst nicht erkennen, wie viele es sind und um wen es sich handelt. Als sie näher kommen, muss er feststellen, dass sie ihm fremd sind.

»Hey Leute, wir bekommen Besuch. Kennt jemand die Typen?«

Nun bemerken die anderen ihre Gäste. Auch denen kommt keiner von ihnen bekannt vor.

»Hoffentlich machen die keinen Ärger.« Evelyn beunruhigt das Ganze. Die Fremden kommen näher ans Feuer ran. Nun kann man sie einigermaßen erkennen. Es handelt sich um vier junge Männer und eine Frau. Ihre Kleidung ist schwarz und mit Nieten bestickt. Ihre Erscheinung lässt die Unruhe steigen. Evelyn rückt näher an Niklas, Alina tut es ihr gleich.

»Wen haben wir denn da?« Ein großer Typ in einer braunen Lederjacke hat das Wort an sie gerichtet. »So mitten in der Nacht allein im Wald.«

Er schleicht um sie herum. Die anderen vier bleiben etwas weiter weg stehen und beobachten sie.

»Was haben wir denn hier?«

Malin bleibt ruhig sitzen, als er an sie herantritt und sie näher betrachtet. Sein Blick widert sie an.

»Ein hübsches Ding.«

»Lass die Pfoten von ihr!« Justin hält es nicht aus, tatenlos zuzusehen. Er sieht seinen Konkurrenten böse an. Das lässt den anderen nur mehr Spaß an dem Spiel finden. So langsam wird für ihn die Sache interessant.

»Ist das etwa deine Kleine?!«

Justin antwortet nicht. Doch sein Blick verrät alles.

»Na, dann lass doch sie entscheiden. Oder darf sie das nicht?«

Er lächelt, aber es ist ein fieses Lächeln.

»Danke, ich habe schon entschieden.« Malin sieht ihn eindringlich an.

»Schade, aber wenn du es dir mal anders überlegst …«

»Danke, das werde ich nicht!«

»Hm, selber Schuld. Mit mir wärst du sicher besser dran. Ich glaube nicht, dass der hier«, er sieht Justin an, »es bringt.«

Das ist zu viel. Justin springt auf, und bevor jemand irgendetwas unternehmen kann, landet seine Faust im Gesicht des anderen. Überrascht taumelt dieser, kann sich aber rechtzeitig fangen. Doch nun hat er einen Grund zurückzuschlagen. Es war klar, dass dieser Mann vor keiner Schlägerei zurückweicht. Die beiden ringen auf der Wiese miteinander. Malin schreit entsetzt auf. Sie will zu Justin rennen und dazwischengehen. Jemand hält sie zurück. Niklas hat sie geschnappt und lässt nicht locker, als Malin versucht, sich loszureißen. Sie hat keine Chance.

»Sei nicht dumm, du kannst gegen den nichts ausrichten. Evelyn, Alina haltet sie fest!«

Die zwei gehorchen. Niklas versucht, die Situation zu entschärfen. Er bekommt von der anderen Seite aus Hilfe. Die vier Jungs versuchen ihren Kumpel zurückzuhalten und die zwei zu trennen. Endlich gelingt es ihnen. Justin macht ein paar Schritte zurück. Die anderen halten den Gegner fest. Niklas und Justin drehen sich gerade zum Gehen um, als er sich wieder losreißen kann und Justin einen heftigen Schlag versetzt. Dieser fällt zu Boden und rührt sich nicht mehr. Die Fremden ziehen den Übeltäter zurück. Dieser wehrt sie ab, doch wendet er sich schließlich auch zum Gehen um. Schnell verschwinden sie in der Nacht.

Malin rennt zu Justin und kniet sich neben ihm nieder. Über ihre Wangen laufen Tränen.

»Justin, Justin.« Sie dreht ihn mit Hilfe von Niklas um. Sein Gesicht ist voller Blut. »Justin, verdammt noch mal, sag doch was, Justiiiiin.« Er öffnet langsam die Augen.

»Oh, Justin.« Malin umarmt ihn.

»Au.«

»Oh, entschuldige.«

Er will sich aufrichten, doch ein Schmerz durchzieht seinen Körper. Niklas hilft ihm beim Aufstehen.

»Geht es?« Als Antwort gibt es nur ein Nicken. Etwas taumelnd steht er wenigstens wieder auf seinen Beinen.

»Du siehst nicht gut aus«, meint Niklas. Evelyn und Alina sind stumme Zeugen des Geschehens. Malins Hände zittern, als sie die von Justin ergreift. Zusammen mit Niklas bringt sie ihn nach Hause. Die zwei Mädchen verabschieden sich vorher, auch sie sind geschockt von dem Ereignis.

»Also, ich hoffe, den Rest schafft ihr allein. Ich geh dann mal nach Hause. Sollen wir nicht doch lieber einen Arzt holen?«

»Nein, ich komme schon klar. Es ist nicht so schlimm«, meint Justin.

Malin sieht ihn besorgt an und auch Niklas ist nicht überzeugt.

Sie folgt Justin in sein Zimmer.

»Sollen wir nicht erst mal dein Gesicht sauber machen?«

Malin holt aus dem Bad Wasser. Vorsichtig wischt sie das Blut ab. Justin verzieht ab und zu leicht das Gesicht. Die Wunde brennt. Er hält Malins Hände fest und sieht sie an. Ihre Augen sind noch immer leicht gerötet.

Justin küsst ihr die letzte Träne weg, die ihr Gesicht herunterrinnt. Dann wandert sein Mund zu ihrem. Er schmeckt nach Blut, denn seine Lippe ist leicht aufgerissen.

»Willst du wirklich nicht, dass sich das jemand mal ansieht?«

»Du sieht es dir gerade an.«

»Ja, aber ich meine jemanden, der davon eine Ahnung hat.«

»Ich habe dir doch gesagt, es ist nicht so schlimm. Kannst du bitte ein Pflaster holen? Es ist im Bad beim ersten Schrank rechts vorn.«

Sie steht auf und geht ins Bad. Der Spiegel dort zeigt ihr ein Mädchen, mit langen zerzausten Haaren. Ihre Wimperntusche ist verlaufen. Mit dem Ärmel ihres Oberteils versucht sie ihre Waschbäraugen in den Griff zu bekommen. Dann sucht sie nach den Pflastern. Als sie in das Zimmer zurückkommt, sitzt Justin noch immer an der gleichen Stelle. Er blickt auf, als sie eintritt. Sie bleibt einen Moment stehen, um ihn anzusehen. Seine Kleidung ist dreckig und an manchen Stellen klebt Blut. Justin, der ihre Blicke bemerkt, lächelt.

»Ich sollte wohl lieber erst einmal duschen gehen und mir was anders anziehen.« Er geht Richtung Bad. »Willst du nicht mitkommen?«

Malin zögert. Aber ihre Haare und Klamotten riechen nach Rauch, und so folgt sie ihm. Ihr weißes Oberteil ist auch teilweise rot gefärbt. Sie zieht es aus. Das warme Wasser tut gut. Malin schließt die Augen.

Schließlich liegt sie neben ihm im Bett. Er schläft tief und fest, doch sie kann das nicht. Warum hat er den Kerl nicht einfach reden lassen? Dann wäre er jetzt nicht verletzt. Dann wäre das alles nicht passiert.

13 Regenwetter

Wenn der April schon launisch sein sollte, was war dann dieser Mai? Am Fenster läuft das Wasser in Strömen herunter. Malin sitzt mit einem Buch in der Hand auf der Couch. Cindy liegt neben ihr und schläft. Bei dem Wetter ist es schwer, etwas zu unternehmen. Selbst wenn man nur in die Innenstadt möchte, bekommt man nasse Füße. So bleibt Malin eben zu Hause. Selbst ihre Hündin wagt kaum einen Schritt aus dem Haus. Im Wetterbericht ist von Besserung keine Rede. Da erhält sie von Alina einen Anruf.

»Hallo, Süße, wie geht es dir?«

»Hm, ganz gut.«

»Wir haben uns überlegt, also Niklas, Evelyn und ich, dass es mal wieder Zeit für eine Party wäre.«

»Ach ja? Und wo bitteschön?«

»Niklas Eltern verreisen für drei Tage. Und er hat nichts dagegen. Na gut, ich musste ihn etwas bearbeiten …«

Malin hört interessiert zu. Es gab schon lange keine Party mehr. Natürlich kommt es drauf an, wie man lang definiert.

»Und wann soll das Ganze stattfinden?«

»In zwei Tagen. Wir müssen uns also beeilen. Die Getränke fehlen noch, die Gäste, ohne die geht es ja schlecht.« Alina lacht.

»Wer übernimmt was?«

»Ich habe mit Niklas und Evelyn abgesprochen, dass sie sich um das Trinken kümmern. Wir machen die Wohnung partysicher und laden die Gäste ein.«

Eine Party ist genau das, was Malin braucht. Endlich eine Abwechslung zu dem grauen Wetter. Außerdem hat sie dann mit der Organisation einiges zu tun. Die Schule lässt ihr momentan genug Zeit dafür. Es dauert bis zu den nächsten Klassenarbeiten.

»Also ich bin dabei.« Die zwei besprechen noch eine Weile, wer was macht und kommen dann auf andere Themen.

»Ich habe gehört, dass Sarah einen Freund hat?« Stimmt, den darf sie nicht vergessen. Malin kritzelt seinen Namen auf die Gästeliste.

»Ja, du hast richtig gehört. Er heißt Ben.«

»Und wie ist dieser Ben so?«

»Ich habe ihn bis jetzt nur einmal gesehen, aber er scheint ganz nett zu sein.«

»Hm. Dann müssen wir ihn auf jeden Fall auch einladen.«

»Sein Name ist schon notiert.« Sie sieht auf den Zettel.

»Gut, dann lerne ich ihn bald kennen. Wie geht es eigentlich Justin nach der Sache, du weißt schon im Wald?«

Oh je, wenn Malin daran denkt ... »Ich glaube ganz gut. Er hat nicht viele Worte darüber verloren. Ich könnte diesen Idioten ...«

»Wen? Justin?«

»Quatsch. Den, der ihn verprügelt hat. Obwohl, Justin hätte auch nicht ... ich meine ... er hätte ihn einfach reden lassen können.«

»Ach, Schatz, wenn jemand so über dich redet, hat er Prügel verdient. Ich wäre an seiner Stelle auch ausgetickt.«

»Ja, aber er wurde dafür verletzt.«

»Ja gut, das ist natürlich nicht toll.«

Malin seufzt. Zugegebenermaßen hätte sie diesem Kerl am liebsten selbst eine reingehauen. Dass es Justin erwischte, während der andere fast unverletzt blieb, lässt ihr keine Ruhe.

»Also, ich muss dann mal los. Ich treffe mich noch mit Evelyn. Bis spätestens morgen. Bye.« Mit diesen Worten legt Alina auf. Malin macht sich an die Planung.

Die Party findet an einem Freitag statt. So muss Malin direkt nach der Schule zu Niklas. Alina und Evelyn warten bereits auf sie. Zusammen machen sie sich an die Arbeit, stellen Stühle und Tische um, bringen die zerbrechlichen Sachen in Sicherheit …

Bis sie fertig sind, ist es bereist dunkel.
»Ich muss noch schnell nach Hause, mich fertigmachen.«
Alina stimmt zu. »Malin hat recht, 'ne Dusche könnte jetzt nicht schaden. Wir sehen uns dann nachher wieder.«
Auf den Weg zurück zu Niklas holt Malin Justin ab. Er trägt ein rotes T-Shirt. Sie lächelt ihn vielsagend an und greift nach seiner Hand. Bei Niklas haben sich bereits ein paar Leute eingefunden. Auch Sarah ist schon mit ihrem Freund da.
»Heeey.« Alina kommt angerannt und wirft sich Malin um den Hals. »Niklas war böse zu mir.«
»Warum das?«
»Der meinte, ich krieg eh nie einen ab. Bin viel zu blöd.«
»Ach, lass ihn doch reden, der will nur von sich selbst ablenken.«
»Was soll das jetzt heißen?«, will Niklas wissen.
»Na, was wohl?«
»Ich bekomme jede, die ich will.«
»Sicher doch. Wenn du ihr genug zahlst, vielleicht.«
Niklas sieht sie kurz fragend an, bis er versteht, was sie damit sagen will. »Wenn überhaupt, dann zahlen die für mich.«
»Sicher, die zahlen dann aber nur, um dich loszuwerden«, meint Alina.
»Na warte.« Die beiden veranstalten eine Hetzjagd.
»Also, wenn was umfliegt, räume ich es nicht auf«, meint Justin.
Das Einzige, was am Ende auf den Boden liegt, sind sie selbst.
»Hey, runter von mir!«
»Wieso? Ich finde es toll hier.«
Alina verdreht die Augen. »Ja, sicher doch. Ich aber nicht. Also hopp.«
Niklas macht Anstalten aufzustehen, doch dann drückt er Alina plötzlich einen Kuss auf die Wange.

»Was war das jetzt?«, fragt sie überrascht.

»Och, wollte nur mal wissen, wie es ist, dich zu küssen. Aber ich muss sagen, es gibt Besseres.«

»Oh, na warte.« Das Ganze geht von vorn los. Irgendwann sind die zwei aus dem Zimmer verschwunden, nur um wenig später außer Atem wieder zu erscheinen.

»Das geht hier oft so zu, denk dir nichts bei«, erklärt Sarah Ben.

So langsam füllt sich der Raum. Niklas legt die Musik auf. Alina schnappt sich Malin und sie tanzen in der Mitte des Zimmers. Einige gesellen sich zu ihnen, bis der Platz knapp wird. Nachdem Malin gut drei Leute auf die Füße getreten sind, macht sie sich lieber aus dem Staub. In der Küche sucht sie heimlich nach einer Kleinigkeit zum Essen. Als sie jemand von hinten schnappt, erschrickt sie. Aber es ist nur Alina.

»Aha, da will sich jemand einfach ohne Erlaubnis bedienen. In der Schublade ist Schokolade.«

Malin muss lachen. »Woher weißt du das?«

»Och, ich bediene mich hier öfters.« Alina zwinkert ihr zu.

»Ja ja jetzt haben wir es, Schokodiebin.«

Alina zuckt nur mit den Schultern. »Ich helfe ihm nur, nicht zuzunehmen. Außerdem hat er genug davon.« Sie schnappen sich eine Tafel Schokolade und gehen ins Wohnzimmer zurück. Niklas bemerkt den Diebstahl nicht und die zwei machen sich über die Schokolade her.

»Okay, wenn ich noch einen Bissen esse, kotz ich. Wer will den Rest?«

»Also ich nicht, sonst geht es mir so wie dir. Hat jemand Justin gesehen?« Malin sieht sich suchend um.

»Ich glaub, der ist draußen«, vermutet Evelyn. Tatsächlich, Malin findet Niklas mit Justin auf der Terrasse. Sie halten ihre Zigaretten in der Hand. Der Rauch steigt in Richtung Himmel und trotzdem riecht man sie schon von Weitem. Sie tritt zu ihnen, die Dunkelheit verschluckt sie fast. Vielleicht wird sie deshalb nicht gleich erkannt? Als Justin endlich weiß, wer vor ihm steht, ist es zu spät. Zu spät, um zu verstecken, was er verheimlichen wollte. Malin sagt nichts. Sie sieht ihn nur an. Etwas verunsichert und verwirrt nimmt er noch einen Zug und schmeißt sie dann auf den Boden. Niklas war sowieso schneller und geht rein. Wahrscheinlich sucht er lieber das Weite, man weiß ja nie, auf was für Ideen die Frauen kommen, wenn ihnen etwas nicht passt. Aber Malin behält ihre Ideen lieber für sich. Sie geht ein paar Schritte auf Justin zu und sieht in die Nacht.

Der Himmel ist bewölkt. Dafür ist es recht warm. Auch wenn sie das jetzt wenig interessiert.

»Ist dir nicht kalt?«, will Justin wissen.

Malin verneint.

»Ich glaube, im Haus ist doch mehr los.« Sie zwinkert ihm zu. Drinnen läuft eines ihrer Lieblingslieder. Die andern amüsieren sich gut. Niklas wirft den beiden einen skeptischen Blick zu, aber Malin gibt ihm keinen Anlass, etwas Schlechtes zu denken. Sie holt sich erst einmal einen Drink und setzt sich dann zu den andern. Die Gesprächsthemen sind die üblichen. Bei der Musik versteht man die Hälfte sowieso nicht. Nur Malin lässt eine Frage keine Ruhe. Deshalb sucht sie Sarah auf.

»Sag mal, Sam ist aber dieses Mal lange zu Hause.«

»Stimmt. Ich wundere mich auch schon. Er hat noch nicht gesagt, wann er zurück will.«

»Komisch, sonst ist er nie länger als einen Monat geblieben. Wenn überhaupt.« Sarah hat keine Antwort. Malin nimmt sich vor, Sam selbst zu fragen. Vielleicht bekommt sie was aus ihm heraus.

Als sie zu den anderen zurückkommt, sieht sie Justin, wie er sich mit jemandem unterhält, den sie nicht kennt. Er stellt sie einander vor. Bei dem Fremden handelt es sich um einen entfernten Verwandten. Seinen Namen hat Malin innerhalb weniger Minuten wieder vergessen. Ist auch nicht so wichtig. Jedenfalls, momentan nicht, denn ihre Gedanken sind ganz woanders. Lange sollen sie da nicht bleiben, denn Alina holt sie zurück. Ausgelassen hüpft sie durch die Wohnung. Malin ihr hinterher, auch wenn sie nicht unbedingt hüpft.

Bis zum frühen Morgen bleiben einige Leute da. So langsam reicht es Malin. Sie ist müde und froh, als die Letzten gehen. Noch gerade so kann sie sich dazu zwingen, Niklas beim Aufräumen zu helfen. Dann geht sie nach Hause, allein. Justin schläft bei Niklas.

14 Geheime Liebschaften

Malin hat Niklas versprochen, am Vormittag bei ihm vorbeizukommen. Sie wollen zusammen mit den Hunden spazieren gehen. Die zwei toben mal wieder ausgelassen. Wenn man sie so betrachtet, sind sie wirklich ein perfektes Paar ... die zwei Hunde.

»Wie fandest du die Party?«, will Niklas wissen.

»Ganz gut.« Malin wendet den Blick nicht von den Hunden ab. Er denkt sich seinen Teil dabei, will aber nicht weiter nachhaken. Ihr ist das nur recht.

»Was hast du heute noch vor?«

»Ich will zu Sarah. Muss noch etwas mit ihrem Bruder klären.«

Niklas ist überrascht. »Mit ihrem Bruder?«

Sie lächelt geheimnisvoll. »Ja, mit Sam.«

Sarah ist nicht anzutreffen, als Malin bei ihr vorbeischaut. Doch Sam begrüßt sie. Also hat sie wenigstens in dieser Sache Glück.

»Hi, Sarah ist noch im Training, sie müsste in einer halben Stunde zurück sein. Komm so lange rein.«

In der Küche steht, wie so üblich um diese Zeit, Sarahs Mutter. »Hallo, Malin. Schön, dich mal wieder zu sehen.«

»Hi, ja, ist schon etwas länger her. Wie war Ihr Urlaub?«

Sarahs Eltern waren für zwei Wochen in Italien. Sie haben dort alte Bekannte, die sie regelmäßig besuchen. Diese besitzen ein kleines Landhaus. Malin kennt es von Urlaubsfotos.

»Ach, wunderschön, wie immer. Ich beneide sie wirklich um das schöne Anwesen. Und die ganze Zeit über scheint die Sonne. Schade, dass Sarah nicht mit konnte. Aber sie hat ja keinen Urlaub bekommen. Seit sie ihre Ausbildung macht, ist es nicht mehr so leicht, alles unter einen Hut zu bekommen.«

»Ja, kann ich mir vorstellen.« Genau genommen weiß sie, dass Sarah gar nicht so scharf auf den Urlaub war. Sie meint, dass das Landleben einfach nicht zu ihr passt und zwei Wochen mit ihren Eltern zu verbringen ist nun wirklich nicht ihr Traum.

»Möchtest du mitessen? Ich mache Hühnchenpastete.«

Da sagt Malin nicht Nein. Außerdem hat sie dann genug Zeit, Sam auszufragen.

Sie klopft an seine Tür. Er bittet sie herein.

»Na, hat dich meine Mutter mal wieder vollgequatscht?«

»Ach was, so würde ich das nicht nennen. Sie hat mir vom Urlaub erzählt und mich zum Essen eingeladen.«

Sam grinst. »Was gibt es denn Schönes?«

»Was mit Hühnchen. Sag mal, was ich dich fragen wollte …«

Er dreht sich zu ihr um. »Ja?«

»Nun, du bist dieses Mal ziemlich lange zu Hause. Ich wollte nur wissen, ob das einen Grund hat?« Malin sieht ihn eingehend an. Sam will etwas sagen, schweigt dann aber. Seltsam. Sie weiß nicht, wie sie weiter vorgehen soll.

»Es kommt mir nur komisch vor. Ist irgendetwas vorgefallen«, fragt sie zögernd.

»Hm, nein, ich meine …« Schweigen. Malin weiß genau, dass wirklich etwas nicht stimmt. Sonst würde er sich nicht so aufführen. Sie setzt sich neben ihm aufs Bett.

»Vielleicht kann ich dir ja helfen. Aber dazu muss ich wissen, was los ist.« Sie sieht ihn an.

Endlich rückt Sam mit der Sprache raus. »Ich habe vor einigen Monaten in London ein Mädchen kennengelernt. Ihr Name ist Jessica. Sie studiert Kunst. Ich bin ihr auf einer Kunstausstellung das erste Mal begegnet. Mir ist sie sofort ins Auge gefallen, und da einer meiner Freunde den gleichen Kurs wie sie besuchte, kamen wir zusammen. Unsere Beziehung lief ziemlich gut, nach drei Monaten zogen wir zusammen.« Er macht eine Pause.

»Und dann?«

»Dann machte ich ihr einen Antrag.«

Malin bleibt der Mund offen stehen. Das muss sie erst einmal verdauen.

Sie sitzt zu Hause.

Soll sie Sarah davon erzählen? Nein das erscheint ihr nicht richtig. Außerdem kennt sie nicht die ganze Geschichte. Bevor sie weiter nachfragen konnte, kam seine Mutter rein, um sie zum Essen zu beten. So weiß Malin nicht, wie die Geschichte weiterging, warum Sam nun allein hier ist. Was war passiert? Haben sie sich gestritten oder gar getrennt? Es bringt nichts, weiter zu spekulieren. Die Wahrheit kann sie nur von Sam selbst erfahren. Nur wann? Soll sie morgen einfach noch einmal hingehen? Doch wahrscheinlich wird sie auch dann keine Gelegenheit finden. Sarah würde auf jeden Fall misstrauisch werden, wenn Malin schon wieder mit ihm allein sein möchte und nachfragen. Dann müsste sie ihr entweder alles erzählen oder lügen. Und beides würde sie zu Gewissenskonflikten führen. Nein, sie muss einen anderen Weg finden.

Fieberhaft wälzt sie sich im Bett herum und sucht nach einer Lösung. Erfolglos. Sam ist verlobt, oder auch nicht mehr. Ein komisches Gefühl. Er hätte doch jemanden davon erzählen können. Warum wollte er es nicht? Irgendwann schläft Malin ein. Ihre Gedanken verfolgen sie noch im Traum.

Am nächsten Tag meldet sich Sarah bei ihr. Sie möchte wissen, ob sie heute etwas zusammen unternehmen. Eigentlich hat Malin mit Justin eine Verabredung. Aber in diesem Fall geht die Sache mit Sam vor. Wenn sie Glück hat, erfährt sie vielleicht noch den Rest der Geschichte. So geht sie am Abend zu ihrer Freundin, in der Hoffnung, einen Moment mit Sam allein sein zu können. Zuerst sieht es allerdings nicht danach aus.

Die ganze Familie hat sich im Wohnzimmer versammelt. Heute scheint ein Spielabend bevorzustehen.

»Hi, Malin, wir spielen Mensch ärgere dich nicht! Wer verliert, wird sich aber ärgern.«

Sarah lacht. »Der muss nämlich morgen den Putzdienst übernehmen, spielst du mit?«

»Muss ich dann auch morgen kommen und aufräumen, wenn ich verliere?«

»Sicher doch.« Wie verlockend.

Am späten Abend sitzen alle noch immer zusammen. Frau Miller hat den Tisch bereits gedeckt. Sam ärgert sich noch immer über seine Niederlage und versucht Sarah zu bestechen, damit sie morgen für ihn den Dienst übernimmt. Diese hat allerdings wenig Lust. Auch wenn ihr dafür zehn Euro winken. Es klingelt an der Tür.

»Wer mag das wohl sein?«, möchte Herr Miller wissen.

»Ich mach schon auf«, meint Sam und geht.

Er kehrt nicht allein zurück, an seiner Seite ist eine junge hübsche Frau.

Ihr langes rotes Haar ist zu einem Zopf geflochten und hebt sich stark von ihrem schwarzen Pullover ab. Die grünen Augen funkeln.

»Darf ich vorstellen: Das ist Jessica, meine Verlobte.«

Schweigen und entsetzte, ungläubige Blicke beherrschen den Raum. Das ist also Jessica. Warum ist sie nun plötzlich hier? Selbst Malin, die wahrscheinlich am meisten weiß, ist mehr als überrascht. Als Erstes ergreift Sarahs Mutter das Wort.

»Schön, dich kennenzulernen, setzt dich doch.«

Wie man in so einer Situation ruhig bleiben kann, ist Malin ein Rätsel. Aber so ist Frau Miller nun mal.

»Ich hole noch kurz einen Teller. Du hast bestimmt Hunger.«

»Oh ja und wie. Ich komme gerade aus London. Das Essen ist heute ziemlich knapp ausgefallen.«

Der Rest der Familie sieht Jessica nur entgeistert an. Trotzdem geht das Essen wie zuvor weiter, als wäre gar nichts passiert. Eine äußerst komische Situation wie Malin findet. Vielleicht haben sie doch schon von ihr gewusst? Sarah sieht immer wieder misstrauisch zu Jessica rüber. Ihr scheint das Ganze nicht geheuer zu sein. Nach den Essen beschließt Malin, zu gehen. Eigentlich wollte sie länger bleiben, aber angesichts dieses Ereignisses scheint es ihr das Beste zu sein, das Feld zu räumen.

Sie macht Sam eine Geste, dass er ihr zur Tür folgen soll. Dieser versteht und begleitet sie.

Malin kann ihre Neugierde nicht mehr stoppen. »Ich weiß noch immer nicht alles. Warum ist sie jetzt hier, was war danach passiert, nachdem du ihr einen Heiratsantrag gemacht hast?«

Sam grinst. »Ich habe kalte Füße bekommen und mich gefragt, ob ich nicht zu schnell gehandelt habe. Also bin ich erst einmal zu meiner Familie gefahren, um über die Sache nachzudenken. Es hat gedauert, aber irgendwann wurde mir klar, dass ich damals das Richtige getan habe.

Vor einer Woche hatte ich sie dann angerufen und wir haben alles noch mal durchgesprochen. Keiner wusste von ihr, außer du und meine Mutter. Ich möchte, dass meine Familie sie in den nächsten Tagen kennenlernt und im Juni soll die Hochzeit stattfinden.«

»Wow.« Mehr bringt Malin nicht raus. Sam grinst noch mehr.

»Du, ich gehe jetzt aber lieber wieder rein, da drinnen ist inzwischen bestimmt einiges los. Außerdem bin ich meiner Familie eine Erklärung schuldig. Bis dann.«

Malin bleibt noch einen Moment vor der verschlossenen Haustür stehen, bis sie sich losreißen kann und auf den Heimweg macht.

15 Bekanntschaft in der Dunkelheit

Für Malin ist es noch immer schwer zu begreifen, dass Sam heiraten will und vor allem, dass er es so lange verschwiegen hat. Auch Sarah scheint noch Zweifel zu haben. Trotzdem wollen sie Jessica eine Chance geben. Viel Zeit bleibt ihnen nicht, sie kennenzulernen, denn die Hochzeit soll schon in gut einem Monat stattfinden. Momentan hat Malin sowieso andere Probleme: Justin. Irgendwann bringt sein Schweigen sie noch um den Verstand. Manchmal wäre es einfacher, nicht zu lieben. Dann würde sie sich nicht immer solche Gedanken machen. Wahrscheinlich haben es die Menschen, denen die Liebe nicht vergönnt ist, es am Ende doch besser. Andererseits, wenn man nie liebt, hat man auch nie gelebt. So sagt man doch immer. Malin zieht sich ihre Jacke über, um für ihre Mutter, die für den Abend Gäste eingeladen hat, einkaufen zu gehen.

Im Laden angekommen, irrt sie hilflos umher. Was meint ihre Mom mit Joghurt? Da gibt es viele, pur, mit Geschmack … nachher braucht sie etwas Spezielles für ein Essen, oder, wer weiß wofür. Vor lauter Hin- und Herüberlegen passt Malin nicht auf und einer der Becher fällt auf den Boden und zerplatzt. Der Inhalt spritzt in alle Richtungen.

»Scheiße.« Malin sieht sich Hilfe suchend um. Neben ihr steht ein junger Mann und sieht sie belustigt an.

»So sieht man sich also wieder.« Es ist der Junge aus der Disco, der Bekannte, mit dem sie damals nur ein paar knappe Worte wechselte, als sie sich zufällig begegneten.

»Hi, Daniel.«

Er hat ein breites Grinsen aufgesetzt. »Soll ich eine Verkäuferin holen, damit du hier nicht so hilflos rumstehst?«

Sie nickt nur kurz. Als er weggeht, sieht Malin ihm hinterher. Kurz darauf ist er wieder zurück.

»Es kommt gleich jemand. Du kannst deinen Einkauf fortsetzen.«

»Ja, danke«, meint sie leicht beschämt.

Ihr Gesicht hat einen Hauch von Röte angenommen. Daniel folgt ihr. Irgendwann dreht Malin sich genervt um. »Musst du nicht auch was besorgen?«

»Nee, hab schon alles, was ich brauche.« Er zeigt auf eine Flasche Wodka in seiner Hand. Malin verdreht die Augen.

»Sag mal, wie geht es dir denn so?«, fragt er nach einer Weile.

»Ganz gut.«

»Und was machst sonst so?«

Soll das jetzt eine Fragerunde werden?, denkt sie genervt.

»Ich mache gerade meinem Abschluss und dann mal sehen. Was ist mit dir?«

»Och, ich arbeite in einem Laden.«

»Aha.« Inzwischen ist sie bei der Kasse angekommen. Während sie ihre Sachen aufs Band legt, schnappt er sich eine Schachtel Zigaretten. Malin betrachtet ihn abwertend.

»Was denn? Mehr braucht man nicht zum Leben.«

»Ja, sicher doch.« Malin schenkt ihm keine weitere Beachtung und bezahlt.

Draußen schlägt ihr die kalte Abendluft entgegen. Zum Glück hat sie es nicht sehr weit. Hinter ihr vernimmt sie Schritte. Auch als sie den nächsten Häuserblock erreicht hat, ist sie ihren Verfolger noch nicht losgeworden. Malin entschließt sich, stehen zu bleiben und dreht sich dann langsam um.

»Sag mal spinnst du, Daniel?«

»Wieso denn?«

»Wieso? Na, wieso wohl!? Falls du es nicht weißt, man schleicht Mädchen nachts nicht hinterher. Da könnte man auf falsche Gedanken kommen.«

Er zuckt nur mit den Schultern. So langsam wird Malin wütend. Was denkt der sich nur dabei? Daniel scheint von dem Ganzen wenig beeindruckt. Als Malin sich abwendet, um ihren Weg fortzusetzen, hält er sie zurück.

»Was denn noch?«, zischt sie.

»Hast du Lust, mal mit mir was trinken zu gehen?«

Malin kann es nicht fassen. »Nein, ganz sicher nicht.«

Inzwischen ist er ihr so nahe, dass sie den Geruch von Alkohol wahrnehmen kann. Die Sache wird für sie immer unangenehmer. Sie überlegt, wie sie ihn loswerden kann, und wird unvorsichtig.

»Ich glaube, es ist besser, du gehst nach Hause und schläft dich erst einmal aus. Sonst kommst du noch auf weitere schwachsinnige Ideen.«

Ihre Stimme ist angriffslustig. Er sieht das als Herausforderung an und kommt ihr noch ein Stück näher. Sein Gesicht ist nun drohend über ihrem. Malin Augen funkeln ihn wütend an. Sie hat nicht vor, ihm den Triumph zu lassen, sie zittern zu sehen. Mit der Hand hält sie ihn zurück, damit er ihr nicht noch näher kommen kann.

Schließlich gelingt es ihr, ihm zu entwischen. Schnell geht sie nach Hause. Immer wieder sieht sie sich um. Aber Daniel scheint seine Verfolgung aufgegeben zu haben. Mit einem tiefen Seufzen erreicht sie ihre Wohnung. Ihre Knie zittern leicht. Cindy kommt ihr freudig entgegen. Ansonsten liegt die Wohnung im Dunkeln. Ihre Mutter ist noch nicht zu Hause. Erschöpft sinkt sie in den Sessel.

Bald fällt sie in einen leichten Schlaf, aus dem sie erwacht, als ihr Handy klingelt. Verschlafen nimmt sie den Anruf entgegen. Es ist Alina, die wissen will, ob sie heute noch mit ihr rechnen können. »Mit mir rechnen? Bei was denn?«

»Wir gehen nachher noch in eine Bar und wollten wissen, ob du kommst.«

»Ich weiß nicht.«

»Och, bitte. Die anderen würden sich auch freuen.«

Malin überlegt kurz. Eigentlich ist sie nicht gerade in der Stimmung noch wegzugehen. Andererseits möchte sie auch nicht allein zu Hause rumsitzen oder später die Gäste ihrer Mutter eskortieren.

»Okay, ich komme. Ähm, wohin eigentlich genau?«

»Jaaaa«, ertönt es freudig, »Wir sind gerade bei Justin, komm einfach vorbei.«

Na toll, hatte er sie nicht fragen können?

Malin macht noch schnell eine Zeit aus und legt dann auf. Ihre Laune ist nicht die Beste. Sie ist kurz davor, abzusagen. Aber dafür ist es wohl zu spät. Malin beeilt sich nicht, sie findet, dass es dazu keinen Anlass gibt. Er hat es ja anscheinend auch nicht nötig, sie früher zu sehen. Malin schaltet die Musik an. Am Himmel sind vereinzelt Sterne sichtbar. Der Wind streicht durch das junge zarte Gras und die gerade erst erblühten Blumen. Es riecht herrlich nach Frühling. Mit gemischten Gefühlen kommt sie bei Justin an. Nicht er öffnet die Tür, sondern Alina.

»Hey Süße, schön, dass du da bist.« Sie umarmt sie kurz und dann gehen die beiden zu den anderen. Niklas, Floh, Felix und Jack haben sich im Zimmer versammelt.

»Justin holt gerade was zu trinken«, erklärt Alina.

»Und was ist mit Evelyn?«, möchte Malin wissen.

»Die kommt nicht. Hat keine Zeit oder Lust, was weiß ich.«

Inzwischen ist Justin zurückgekehrt. Er stellt die Getränke auf den Tisch und begrüßt dann seine Freundin. Sie suchen sich beide einen Platz, die anderen rücken etwas beiseite, damit sie zusammen sein können. Als sie von Justin umarmt wird, kann sie ihm einfach nicht mehr böse sein. Genau genommen ist doch auch nichts wirklich Schlimmes vorgefallen.

16 Hochzeitsvorbereitungen

Ein leichter Schleier liegt über der Welt. Leise vernimmt man Schritte, die in den Wolken am Boden versinken. Eine Gestalt erscheint, verschwommen im Nebel. Und neben ihr ein weiterer Schatten, nur viel kleiner, von anderer Form. Je näher sie kommt, desto klarer werden die Formen und Farben.

Malin begrüßt ihn herzlich, und auch Cindy freut sich über das Wiedersehen. Niklas lächelt, leicht verlegen, was ihr jedoch nicht auffällt. Sie hat ihr langes Haar unter einer dunklen Kapuze verborgen. Ihre großen Augen sind schwarz umrandet. Das helle Haar weht um ihr Gesicht. Die frische Luft hat ihr eine leichte Röte ins Gesicht gezaubert. Niklas steht da, unfähig eine Bewegung zu machen.

»Wollen wir nicht weitergehen?«, fragt sie zögernd.

»Ja, ja klar.« Langsam hebt sich die weiße Decke. Die ersten Sonnenstrahlen brechen durch den Dunst.

Malin hebt den Kopf Richtung Himmel. Sie hat einen Falken entdeckt, der über ihnen seine Bahnen zieht. Ob er bei diesem Wetter überhaupt seine Beute sehen kann? Oder wartet er nur hoffnungsvoll darauf, dass die Sonne an Kraft gewinnt?

»Heute habe ich nicht so viel Zeit, ich gehe nachher noch zu Sarah«, sagt sie abwesend.

»Oh, schade, ich wollte dich eigentlich fragen, ob du noch mit zu mir kommst auf einen Kaffee oder so.« In seiner Stimme ist Enttäuschung wahrzunehmen.

»Nein, sorry, aber heute geht es wirklich nicht. Vielleicht morgen?«

»Sicher, ist ja auch nicht so wichtig.«

Malin lächelt kurz. Inzwischen ist es heller geworden. Der Nebel ist für heute verschwunden. Auf den Wiesen wird der leichte Frühlingstau sichtbar. Es dauert nicht mehr lange und der Sommer wird Einzug halten.

Sie gehen noch eine Weile still nebeneinander her. Dann verabschiedet sich Malin. Sie macht sich direkt auf den Weg zu Sarah. Diese ist gut gelaunt, wie fast immer. Malin ist und bleibt es ein Rätsel, wie man frühmorgens schon so fit und ausgelassen sein kann. Wenn Sarah sie heute nicht drum gebeten hätte, zu kommen, würde Malin noch im Bett liegen und sich ihren Träumen hingeben. Aber heute wollen sie zusammen mit Jessica nach einem Brautkleid suchen. Jessica hat sie darum gebeten, weil sie hier fremd ist und kaum Leute kennt. Außerdem scheint sie inzwischen Sarah lieb gewonnen zu haben und der scheint es auch nicht anders zu ergehen. Anscheinend sitzen die beiden abends oft zusammen und unterhalten sich. Jessica spricht sehr gut deutsch und, obwohl sie Engländerin ist, fast ohne Akzent.

Sie haben ähnliche Interessen, da ist es nicht verwunderlich, dass sie gut miteinander auskommen. Malin hatte noch immer keine richtige Gelegenheit, sie kennenzulernen. So ist es für sie doch überraschend, dass sie mitkommen soll. Bestimmt war es Sarah, die das eher wollte, als Jessica. Genau genommen ist es egal, sie darf mit. Sogar Malin ist etwas aufgeregt, als sie den ersten Laden betreten. Wie mag es da erst Jessica ergehen?

Schon im Schaufenster beeindrucken die prächtigen Kleider. Im Ladeninneren ist es nicht viel anders. Es ist ein kleines Geschäft, außerhalb der Stadt. Die Verkäuferin bietet ihre Hilfe an. Jess beginnt, von ihren Vorstellungen zu sprechen. Malin bekommt davon nicht viel mit. Sie ist bezaubert von den schönen Kleidern. Wer so eines tragen darf, muss sich wirklich wie eine Prinzessin fühlen.

Sie sind mit Perlen bestickt oder mit Tüll verziert. Auch Spitze ragt unter dem einen oder anderen Kleid hervor oder ist an den Säumen platziert. Ein Kleid ist sogar ganz aus Spitze. Dieses findet sie fast schon zu gewagt.

»Malin, was hältst du von dem Kleid?« Jessica hat inzwischen ein langes, eher schlichtes, aber schneeweißes Kleid angezogen. Der Rocksaum schleift leicht auf dem Boden und ist mit einem durchsichtigen Stoff überzogen. Eine richtige Schleppe.

»Ich weiß nicht, denkst du nicht, dass ein anderer Farbton besser zu deinem Teint passen würde?«

»Hm, ich glaub du hast recht.« Die Verkäuferin bringt ihr ein anderes Kleid, doch Jess ist damit nicht zufrieden. Da entdeckt Malin ein Kleid, das in einer Ecke verborgen ist.

»Wie wäre es mit diesem?« Sie zeigt Jessica das Kleid.

»Das ist ja bezaubernd«, stößt diese hervor. Auch angezogen steht es ihr hervorragend. Das ist aber auch nicht schwer bei der schlanken Figur und den leichten Kurven. Es ist nicht reinweiß so wie das Erste. Eher cremefarben. Bis zur Taille ist es eng geschnitten und wird dann weiter. Der Tüll ist stufenweise angenäht und fällt leicht auf den Boden. Um die Taille ist ein Band geschnürt, das seitlich nach vorn zu einer Schleife gebunden wird.

Sarah starrt sie bewundert an. »Du siehst wunderschön aus.«

Auch Malin ist dafür, dass das Jessicas Hochzeitskleid wird. Überglücklich kauft diese das Kleid. Im Auto beschließt sie, dass sie das feiern sollten. Immerhin hat man nicht immer das Glück, gleich das richtige Kleid zu finden.

»Wie wäre es, wenn wir noch was essen gehen? Hier in der Nähe soll es ein gutes Restaurant geben, hat mir Sam erzählt. Wie hieß es gleich? Irgendwas mit L. Es liegt an einem kleinen See.«

Jessica überlegt angestrengt weiter.

»Ich glaub', ich weiß, welches du meinst.« Sarah lotst sie zu dem Restaurant. »Hier gehen wir manchmal hin. Das Essen ist echt gut!«

»Na dann, auf geht's.«

Schnell haben sie einen Tisch gefunden und studieren die Karten. Malin kann sich nicht entscheiden. Soll sie die Hähnchenbrust mit Salat nehmen oder doch lieber was Richtiges? Das Schweinefleisch mit Knödeln und Soße klingt gut. Ach, warum denn auch nicht? Erst jetzt merkt sie, wie groß ihr Hunger ist. Kein Wunder, es ist schon fast dreizehn Uhr und das Frühstück ist heute eher mager ausgefallen.

Überall duftet es herrlich nach Essen. Ihr Magen beginnt, zu knurren.

Sarah bekommt ihr Essen zuerst.

»Also, irgendwie ist das fies«, beklagt sich Malin.

»Mach dir nichts draus, ich muss ja auch noch warten. Da kommt deins ja schon.«

Ein Kellner bringt den Salat als Vorspeise.

»Habt ihr eigentlich schon einen genauen Termin für eure Hochzeit?«
»Ja, sicher, es ist der vierzehnte Juni. Oh, mein Gott, ich muss heute noch die Einladungen verschicken. Man sollte eine Hochzeit echt nicht zu kurzfristig planen. Aber mein Studium geht bald weiter.«
»Heißt das, ihr wollt bald zurück nach London?« Malin ist bestürzt.
»Ja, wir wollen nach der Hochzeit noch eine Woche hierbleiben und dann zurückfahren oder besser fliegen.« Sie lacht, doch als sie Malins trauriges Gesicht sieht, fügt sie schnell hinzu: »Wir kommen sicher bald wieder nach Deutschland zurück. Ich habe ja auch öfters mal Semesterferien. Und außerdem möchte ich gerne wieder Zeit mit euch verbringen und ich denke, Sam geht es da nicht viel anderes. Er redet von dir immer sehr achtungsvoll.«
Malin sieht auf. »Wirklich?«
Jessica betrachtet sie liebevoll. »Ja, sicher. Er hat viel von dir erzählt. Zugegeben war ich anfangs sogar etwas eifersüchtig.« Sie lächelt, es ist ein freundliches Lächeln und wirkt überhaupt nicht eifersüchtig. »Aber mit der Zeit habe ich verstanden, warum du ihm so wichtig bist. Und jetzt, wo ich dich kenne, kann ich es nur bestätigen. Deshalb wollte ich fragen, mit Einverständnis von Sarah, ob du meine Brautjungfer sein willst?«
Sie sieht Malin erwartungsvoll an. Diese kann nicht ganz fassen, was sie so eben gefragt wurde. »Ich?«
»Ja, sicher du.«
»Jetzt sag schon Ja«, drängt Sarah.
Irritiert sieht Malin von einer zur anderen. »Ja, sicher, ich meine, unglaublich gerne.«
Jessi lehnt sich glücklich im Stuhl zurück. Malin fühlt sich unendlich geehrt.
»Dann müssen wir noch nach einem Kleid für dich sehen. Schließlich soll meine Brautjungfer auch gut aussehen.«
Malin strahlt über das ganze Gesicht.
»Sag mal, bekomme ich nichts?« Sarah blickt sie beleidigt an.
»Soweit ich weiß, wollen dir deine Eltern ein Kleid besorgen. Also beschwere dich nicht.«
»Bloß nicht, wenn mir meine Eltern ein Kleid kaufen, kann ich mich nicht mehr aus dem Haus wagen.« Jessi und Malin lachen.

»Dann musst du sie eben dazu überreden, dass sie dir das Geld fürs Kleid geben.«

»Oh ja, das werde ich auch«, meint sie fest entschlossen.

Sie verlassen das Restaurant und suchen nach einem Kleid für Malin. Abends kommen sie total fertig bei Familie Miller an. Frau Miller hat den Tisch schon gedeckt. Hungrig setzen sie sich. Sam und Jessica tauschen immer wieder verliebte Blicke aus. Auch am Tisch ist die Hochzeit das Hauptthema.

»Ich bringe nachher noch die Post weg. Malin, kannst du mir dabei bitte helfen?«

Sie nickt. »Super. Aus London können bestimmt nicht viele kommen. Es ist zu weit weg und dann auch noch so kurzfristig.«

»Wir können ja eine kleine Feier geben, wenn wir zurück in England sind«, schlägt Sam vor.

»Eine super Idee!« Jess drückt ihrem Verlobten dankbar einen Kuss auf die Wange. Nach dem Abendessen begleitet Malin Jessica zu dem Briefkasten. Dort stecken sie gut vierzig Briefe hinein.

»Ach ja, und die Einladung ist für dich.« Sie drückt ihr einen weißen Umschlag in die Hand. Auf ihm sind zwei Tauben abgebildet. Malin zieht die Karte heraus. Auch darauf befinden sich zwei Tauben. »Danke.«

»Sag mal«, Malin ist sich nicht sicher, ob sie diese Frage stellen darf, »hattest du keine Angst, dass die Hochzeit ins Wasser fällt, als Sam sich so unsicher war?«

»Sicher hatte ich Angst. Doch was konnte ich schon groß tun, außer zu warten und hoffen, dass er sich für mich entscheidet? Ich meine, das ist ein großer Schritt, da können schon Zweifel aufkommen.«

»Stimmt, aber ich wäre vor Sorgen gestorben.«

Jessica lacht. »Bin ich ja auch fast. Aber es ist noch mal gut gegangen. Das heißt, noch ist es ja nicht vorbei.« Sie lacht wieder.

Malin sieht sie überrascht an. »Ach was, Sam macht keinen Rückzieher mehr. Wenn er sich einmal entschieden hat, bleibt er auch dabei.«

»Hm, ich wäre ihm auch sehr böse, wenn er es sich anders überlegen würde. Dann könnte ich gar nicht mein schönes Kleid anziehen.«

Die zwei Mädchen grinsen.

»Und ich meines nicht«, gibt Malin zu bedenken.
»Am Abend zuvor müssen wir es noch mal krachen lassen«, kommt es Jess in den Sinn.
»Na, aber hallo, sicher müssen wir das!«
»Ich weiß nur noch nicht wo.«
»Ach, lass das Mal Sarahs und meine Sorge sein. Uns fällt da schon was Schönes ein.«

17 Die Hochzeit

Malin kommt gerade nach Hause. Sie war mit Jessi in der Stadt auf einen Kaffee. Inzwischen sind sie gute Freunde geworden. Es ist ein Tag vor der Hochzeit. Jessica hat etwas Ablenkung gebraucht. Im Café hat man ihr die Aufregung bereits deutlich angemerkt. Malin wäre es an ihrer Stelle bestimmt kein bisschen besser ergangen. Sie selbst hat bereits alles bereitgelegt für den morgigen Tag. Im Kopf geht Malin noch einmal den ganzen Ablauf durch. Hat sie auch an alles gedacht?

Ihr Kleid hängt ordentlich auf dem Bügel. Die Schuhe stehen daneben. Sie dürfte alles zusammenhaben. Jetzt hat sie sowieso keine Zeit mehr, denn Sarah, Benjamin, Jess, Sam, Justin und sie gehen in einen Klub. In den besten natürlich. Malin kennt ihn nur vom Hören. Ein paar Leute aus ihrer Klasse waren schon einmal drinnen. Da sie noch keine achtzehn ist, war ihr der Eintritt immer verwehrt. Das macht ihr sowieso etwas Sorgen. Es wäre wirklich Pech, wenn sie vor der Tür stehen gelassen wird.

Sie zieht ihre Jeans aus und wirft das weiße T-Shirt auf den Boden. Schnell huscht sie unter die Dusche und hofft, dass ihre Haare schnell trocknen; sie föhnt so ungern. Aus ihrem Schrank holt sie ein schwarzes Oberteil. Ihr langes Haar lässt sie locker über die Schulter fallen. Dazu trägt sie eine lange goldene Kette, die mehrere Male um ihren Hals geschlungen ist. Malin betrachtet sich im Spiegel. Die Sachen stehen ihr. Jetzt noch schnell Make-up auftragen. Ausnahmsweise ist sie einmal früh fertig.

Auf den kleinen Tisch in ihrem Zimmer liegt ein Päckchen. Es ist eine Kleinigkeit für Jessica. Malin hat es in einem Laden zufällig gefunden und dachte, dass es ihr gefallen könnte. Sie packt es in ihre Handtasche. Dann wartet sie. Irgendwann wird ihr das zu langweilig. Malin steht auf und tanzt zu der Musik, die im Radio läuft. Wild hüpft sie durch ihr Zimmer. So bemerkt sie nicht, wie Justin die Tür öffnet. Erst als ein lautes Lachen ertönt, dreht sie sich erschrocken um.

»Justin!«

Er bekommt sich vor Lachen nicht mehr ein. Malin läuft rot an. Was soll er von ihr denken? Nur mit Mühe bringt Justin ein Wort hervor, doch sie versteht es nicht.

»Was?«

»Du bist zu genial.«

Jetzt macht er sich auch noch über sie lustig, war ja klar. Sie stemmt ihre Arme in die Taille und sieht ihn böse an. Justin nimmt sie in den Arm. Er drückt ihr einen Kuss auf den Mund. »Du bist süß.«

Hat er gerade gesagt, sie sei süß? Das hat er noch nie getan. In all der Zeit, in der sie zusammen sind, kam nie des Gleichen von seinen Lippen.

»Jetzt komm, du kleine Tänzerin, die anderen warten schon.«

Sarah winkt ihr aus dem Auto zu. Doch Malin nimmt es gar nicht recht wahr. Sie ist von Justins Worten befangen. Zusammen fahren sie zu dem Klub. Justin, Malin, Sarah und Ben sind zu erst da. Sam und Jess lassen auf sich warten, dabei waren sie direkt hinter ihnen. Minuten später kommen auch sie endlich an.

»Sagt mal, was war mit euch los?«, will Sarah wissen.

Sam grinst breit. »Ich hatte Hunger. Wir haben noch schnell einen Zwischenstopp eingelegt.« Er fuchtelt mit einer Imbisstüte vor ihren Nasen herum.

»Du bist doch so ein Idiot, hättest uns ja wenigstens etwas mitbringen können.« Sarah hat sich vor ihren Bruder aufgebaut.

»Sei nicht so verfressen. Du darfst morgen immerhin etwas von unserem Hochzeitsbuffet essen. Aber lasse was für die anderen Gäste übrig.«

»Was soll jetzt das heißen? Ich bin nicht verfressen! Blödmann. Dann stopf halt allein das ungesunde Zeug in dich rein, wenn du meinst. Hoffentlich wird dir schlecht.«

Beleidigt dreht sich Sarah um und geht in den Klub. Ben beeilt sich, hinter ihr herzukommen.

»Du hättest ihr ruhig etwas abgeben können.« Jessica funkelt ihren zukünftigen Mann wütend an.

»Lassen wir die beiden Mal in Ruhe.« Justin greift nach Malins Hand und sie gehen Richtung Eingang.

»Wehe, die lassen mich nicht rein. Das wäre echt bekloppt.«

»Mach dir mal keinen Kopf, das bekommen wir hin.«

Vor ihnen stehen noch ein paar Leute. Justin kommt ohne Probleme rein. Dann ist Malin an der Reihe. Der Türsteher betrachtet sie skeptisch. Sie betet, dass er nicht nach ihrem Ausweis fragt.

»Ihr Ausweis bitte.« Verdammt. Das war's.

»Sie gehört zu mir.« Justin hat sich zu Wort gemeldet. Einem Moment lang herrscht Ruhe. Schließlich winkt der Mann sie durch. Erleichtert atmet Malin auf. »Das war knapp.«

Die Lichter der Discokugel tanzen im Raum herum. Sie wechseln ihre Farben. Sind mal blau, mal weiß oder gelb. Malin entdeckt Sarah mit Ben an der Bar. Sie gesellen sich zu ihnen. Später kommen auch Jessica und Sam dazu. Die Mädchen gehen tanzen und lassen die Männer an der Bar zurück. Der Klub hat wirklich etwas an sich. Die Tanzfläche ist groß und die Musik genial. Sie haben alle ihren Spaß. Um zwei Uhr morgens entscheiden sie sich, den Klub zu verlassen. Jessi ist müde und möchte nur noch ins Bett. Die ganze Aufregung hat sie geschlaucht. Sam schnappt sie und trägt sie zum Auto.

»Solltest du das nicht erst heute Abend machen?«

»Ach was, ich übe schon mal.« Jessica bringt ein müdes Lächeln hervor. Gerade als sie losfahren wollen, fällt Malin das Päckchen in ihrer Tasche ein.

»Halt!« Schnell rennt sie zum Auto und drückt Jess das Geschenk in die Hand.

»Was ist das?«

»Ein kleiner Glücksbringer für deine Hochzeit.«

»Oh, danke. Ich mache es gleich zu Hause auf.«

Aber dazu kommt sie nicht mehr. Hundemüde schläft sie sofort neben Sam im Bett ein.

Justin hat bei Malin geschlafen. Die Mittagssonne blendet sie. Malin öffnet verschlafen ihre Augen. Es scheint ein schöner Tag zu werden, perfekt für eine Hochzeit. Sie küsst Justin auf die Stirn. Dann zieht sie die Bettdecke zurück und geht ins Bad. Malin steigt in die Dusche und lässt das Wasser laufen. Ihre Augen sind geschlossen, als sie plötzlich ein Geräusch wahrnimmt. Noch bevor sie begreifen kann, was los ist, zieht Justin den Duschvorhang zurück. Ohne ein Wort zu sagen, kommt er zu ihr unter die Dusche. Nur ein leises »Morgen«, ertönt, bevor er sie zärtlich küsst. Malin fährt mit ihrer Hand über seinen Rücken. An einer Stelle fühlt sie seine Narbe. Ein stummer Zeuge von der Schlägerei im Wald.

Malin ist fertig angezogen. Justin ist nach Hause gegangen, um sich für den Abend umzuziehen. Malin fährt mit ihrer Mutter zu der Hochzeit. Es ist Nachmittag. Jess und Sam heiraten in einem Schloss. Die Fahrt dorthin dauert eine Weile. Das Schloss liegt nahe gelegen an einem Wald. Vor ihm erstrecken sich Blumenbeete. Ein märchenhafter Anblick. Malin steigt aus dem Auto aus und bleibt einen Moment stehen, um alles auf sich wirken zu lassen.

»Träum nicht, Jessica erwartet dich bestimmt schon.« Malins Mutter reißt sie aus ihren Gedanken.

Erst einmal muss Malin Jess in diesem großen Gebäude finden. Zum Glück läuft ihr Sarah über den Weg. Sie sieht mal wieder toll aus. Das zitronengelbe Kleid steht ihr ausgezeichnet.

»Konntest du doch noch deine Eltern überreden, dir das Geld für das Kleid zu geben?«

»Sicher, sonst würde ich jetzt in einem braunen Sack rum rennen oder so ähnlich.«

Sarah schüttelt den Gedanken ab und lacht.

»Weißt du, wo Jessica ist?«

»Ja, einfach die Treppe hoch. Dann gleich links. Da ist eine Tür mit der Aufschrift: Bitte nicht stören. Das gilt aber nicht für dich. Ich warte noch kurz auf Ben, der kommt ja mit Justin. Mich brauchen die eh nicht da oben.«

Malin findet das Zimmer auf Anhieb. Jess' Stimme ist deutlich zu vernehmen. Sie sitzt auf einem Stuhl. Vor ihr steht ein großer Spiegel. Eine junge Frau macht ihr die Haare.

»Hi, Malin. Schön, dass du da bist. Das ist Sabine.« Sie zeigt auf die Frau. »Sie macht uns die Haare. Du bist auch gleich dran.«

»Gut, dann ziehe ich inzwischen schon mal mein Kleid an.«

Im Saal herrscht Unruhe. Alle warten ungeduldig auf die Braut. Endlich ertönt die Musik. Die großen Türen öffnen sich. Eine wunderschöne Frau in einem sanftweißen Kleid und rotem, langem Haar, das kunstvoll hochgesteckt ist, tritt ein. Ein Schleier verdeckt ihr Gesicht. Zwei kleine Mädchen in blauen Kleidern halten die Schleppe ihres Kleides.

Ganz in ihrer Nähe ist Malin. Auch sie trägt ein blaues Kleid mit Spitze. Ihre Haare fallen lockig und sind, wie die Haare von Jessica, hochgesteckt. Nur einzelne Strähnen wurden herausgezupft. In ihrem Haar ist eine weiße Blume.

Sam wartet, sichtlich nervös, auf seine Geliebte. Jessi atmet noch einmal tief durch, bevor der Ehebund geschlossen wird. Gerührt betrachtet Malin das junge Ehepaar. Ihr läuft eine Freudenträne über die Wange. Sie umarmt Jessica und wünscht ihr alles Gute. Dann beglückwünscht sie Sam.

Justin hat so lange gewartet, doch jetzt hält er es nicht mehr aus. Er muss einfach zu seiner Freundin.

»Hey Schatz, du siehst wundervoll aus.«

»Danke.« Sie küssen sich, bis Sarah sie unterbricht. »Man könnte echt meinen, ihr seid das Brautpaar.«

Malin lächelt verlegen. Sie sieht Justin an, auch er lächelt.

»Wir sollten uns mal lieber zum Tisch begeben, sonst ist der Kuchen weg.« Sarah sucht gierig mit ihren Augen nach dem Essen. »Da sind unsere Plätze. Ihr zwei sitzt neben uns.«

Auf der Mitte des Tisches steht eine große rosa Torte, die aus drei Schichten besteht. Jetzt hat auch Malin Appetit. Die Freunde unterhalten sich angeregt über die Hochzeit. Sarah macht Witze über ihren Bruder. Sie meint, er hätte sich heute Morgen vor Aufregung fast übergeben. Und das soll ein Mann sein. Jess sei viel cooler gewesen, meint sie. Da muss Malin ihr zustimmen.

Vorhin war sie relativ gelassen. In dem Moment kommt Jessica auf sie zu.

»Ich hatte ganz vergessen mich noch mal zu bedanken, für das Geschenk.« Sie drückt Malin. Dann zieht sie leicht ihr Kleid hoch. Es kommen Strapse zum Vorschein.

»Psst, die sind für später.« Sie kichert albern. An ihnen ist ein kleiner Anhänger befestigt. Es ist ein vierblättriges Kleeblatt, Malins Geschenk.

»Ich weiß, dass es eigentlich ein Kettenanhänger ist, aber der hätte nicht zu meinem Kleid gepasst. Also hab ich mir was anderes überlegt.« Wieder kichert sie. Die anderen sehen sie verwundert an.

»Ich gehe mal wieder zu Sam. Amüsiert euch gut.« Weg ist sie.

»Die hat wohl auch schon einiges getrunken«, bemerkt Ben.

»Oh ja, glaub ich auch«, antwortet Sarah.

»Sag mal«, Ben sieht Sarah neckisch an, »hast du auch so etwas unter deinem Kleid?«

Sie schupst ihn leicht an. »Vielleicht.« Später halten einige Freunde und Bekannte Reden. Manche sind ganz unterhaltsam und bei anderen könnte Malin einschlafen. Der Abend ist lang. Gegen Mitternacht fragt Justin sie, ob sie gehen können. Malin stimmt zu und verabschiedet sich von allen.

Justin hat sich das Auto von seinen Eltern ausgeliehen und fährt Malin nach Hause. Als sie vor ihrem Haus halten, hat sie nicht die geringste Lust, ihn schon zu verlassen.

»Kommst du noch mit rauf?«

Justin nickt und schaltet den Motor aus. Sie schnappt seine Hand und zieht ihn leise hinter sich her. Hinter sich schließt sie ihre Zimmertür und dreht den Schlüssel herum. Sie küssen sich stürmisch. Justin zieht ihr den Reißverschluss auf. Das blaue Kleid gleitet an ihr herunter. Nur noch das weiße seidene Unterkleid umhüllt ihren Körper. Seine Hände streifen es ab. Es fällt lautlos auf den Boden. Malin ist indessen damit beschäftigt, Justin die Sachen auszuziehen.

Dann trägt sie nur noch ihren weißen Spitzen-BH mit passender Unterwäsche, einem Hauch aus nichts. Er küsst ihren Hals. Malin bekommt eine Gänsehaut. Sie öffnet ihren BH und er beginnt ihre nackte Haut zu küssen.

Langsam wandern seine Küsse weiter. Lustvoll stöhnt sie auf. Ihre Hände krallen sich in der Bettdecke fest.

Spät in der Nacht liegen sie erschöpft nebeneinander. Malin küsst ihn noch einmal, bevor sie einschläft.

18 Naher Abschied

Erst spät erwachen sie am nächsten Tag. Weder Malin noch Justin haben das Bedürfnis aufzustehen. Der Himmel hat sich leicht bewölkt. Malin muss daran denken, dass Sam und Jess bald zurück nach England fliegen werden. Gerade jetzt, wo sie und Jessica so gute Freunde geworden sind. Dass sie sich ab und zu melden will, vermag sie kaum zu trösten. Wer weiß, wie lange es dauert, bis sie wieder nach Deutschland kommen. Malin schreibt ihr eine SMS, fragt, wann sie sich treffen können. Sie möchte auf jeden Fall so viel Zeit wie möglich mit ihr verbringen, bevor sie abreist.

Am Abend hat sie noch immer keine Antwort bekommen. Justin ist auch nicht mehr bei ihr. Plötzlich fühlt sie sich ganz einsam. Eigentlich ist das doch schwachsinnig. Vielleicht hat Alina Zeit. Keiner meldet sich. Verdammt. Manchmal beschleicht sie das Gefühl, alle verschwören sich gegen einen. Malin lässt sich Badewasser ein und legt eine CD von ihrer Lieblingsband in den CD-Player. Als die Haut an ihren Hände zu schrumpeln beginnt, verlässt sie das Wasser und schlüpft in ihren Schlafanzug. Sie macht es sich vor den Fernseher bequem und sieht sich eine DVD an. Vor ihr auf dem Tisch steht eine Schüssel mit Chips. Die gönnt sie sich sonst nie. Eine Pizza dazu wäre nicht schlecht. Das Telefon klingelt. Es ist schon nach zehn Uhr, wer ruft jetzt noch an? Schnell springt sie zum Telefon, damit ihre Mutter nicht geweckt wird. »Malin Mendes, hallo?«

»Hey, ich bin es Alina. Entschuldige, dass ich vorher nicht geantwortet habe. Ich hatte kein Geld mehr drauf.«

»Schon okay.«

»Evelyn und ich wollen nachher zu Niklas, einen Film ansehen oder so. Kommst du auch?« Malin überlegt einen Augenblick.

»Ja, in Ordnung, aber ich muss mich noch schnell umziehen. Habe schon meinen Schlafanzug an.«

»Oh, aber geweckt habe ich dich nicht, oder?« Alinas Ton klingt leicht belustigt.

»Nee, Nee, ich bin in einer halben Stunde bei Niklas. Denkst du, ich kann Cindy mitnehmen? Dann muss ich morgens nicht so früh raus. Der kleine Spaziergang zu ihm sollte ihr eine Weile reichen.«

»Niklas hat bestimmt nichts dagegen und sein Hund noch weniger.«

»Super, also bis gleich.«

Obwohl Malin sich beeilt, ist sie am Ende spät dran. Cindy gefällt der nächtliche Ausflug. Malin hat sie vorsichtshalber an die Leine genommen. Wenn sie ihr in der Dunkelheit entwischt, wird es schwer sein, sie wiederzufinden.

Es ist eine mondlose Nacht. Nur mit großer Mühe erkennt sie den schmalen Weg, der zu Niklas' Haus führt. So völlig im Dunklen wirkt er nicht gerade einladend, aber die Alternative wäre ein endloser Umweg. Darauf hat sie jetzt wirklich keine Lust.

Einmal übersieht sie fast eine Treppe. Gerade so kann sie sich noch halten. Cindy horcht auf. Ein Geräusch ist in der Nähe zu vernehmen. Vielleicht handelt es sich um eine herumstreunende Katze. Wehe, Cindy rennt jetzt los. Was da auf sie zukommt, ist jedoch wesentlich größer als eine Katze. Jetzt wird Malin ein bisschen mulmig zumute. Ein Bellen ertönt. Es kommt ihr bekannt vor.

»Jim du kleiner Schlingel, was machst du hier?« Sie streichelt dem großen Hund über das Fell. Er schleckt ihre Hand ab. »Komm Jim, ich bringe dich kleinen Ausreißer mal zurück.«

Jim folgt ihr, ohne Anstalten zu machen. Er trottet gemächlich neben Cindy her. Wie selbstverständlich wartet er vor der Tür.

»Hey, Malin.« Niklas umarmt sie.

»Ich habe dir einen alten Bekannten mitgebracht.« Sie zeigt auf Jim.

»Was macht du denn hier?«

»Er ist uns entgegengekommen.«

»So ein …, das macht er zurzeit öfters.« Niklas seufzt.

»Vielleicht möchte er immer zu Cindy.«

»Stimmt, das könnte gut sein. Aber er weiß ja nicht, wo ihr wohnt.«

»Also sucht er die Strecke ab, wo wir zusammen spazieren gehen. Das wäre doch logisch.«

»Hm, du könntet recht haben. Evelyn und Alina sind noch nicht da.«

»Die trödeln aber ganz schön, ich komme ja schon zu spät«, meint Malin. Sie setzt sich auf die Couch. Niklas verschwindet in der Küche. Malin wird langweilig. Sie geht zu ihm.

»Ich wollte nur kurz eine Pizza reinschmeißen.«

»Oh, du bist ein Schatz. Genau darauf hatte ich vorhin schon Appetit.« Sie umarmt ihn überschwänglich und geht zurück ins Wohnzimmer. »Sind deine Eltern nicht da?«

»Nein, die sind wieder geschäftlich unterwegs.«

»Das sind sie ziemlich oft, oder?«

Niklas nickt. »Ja, fast jeden Monat.«

»Ist das nicht manchmal ziemlich einsam so allein in diesem großen Haus?«

»Ja, manchmal. Aber Jim ist da und die anderen kommen auch oft vorbei.«

Malin kann es sich trotzdem nicht vorstellen, hier allein zu sein. Ihre Mutter ist zwar auch öfters unterwegs, allerdings selten länger als zwei Tage. Niklas setzt sich zu ihr.

»Was machen wir nachher?«

»Keine Ahnung, was die Mädchen so vorhaben.«

Es klingelt. Jim hebt kurz seinen Kopf und spitzt die Ohren. Dann schließt er wieder seine Augen und döst weiter neben Cindy. Evelyn und Alina betrachten die zwei, als sie reinkommen.

»Süß«, meint Alina.

»Hier riecht es gut«, fällt Eve auf.

»Ja. Niklas hat eine Pizza in den Ofen geschmissen. Das heißt, ich hoffe doch, dass es mindestens zwei sind, weil sonst bekommt ihr nichts mehr ab.«

»Ts, das werden wir noch sehen. Niklas, sag bitte, dass du zwei Pizzen im Ofen hast. Ich hab nämlich auch Hunger«, beklagt sich Evelyn.

»Stellt euch vor, ich habe sogar ganze drei Pizzen im Ofen. Da staunt ihr oder?« Niklas grinst zufrieden.

»Und wie wir da staunen.« Alina schaut schon erwartungsvoll Richtung Küche.

»Sehen wir einen Film an?«, schlägt Niklas vor.

»Von mir aus, was für einen?«, fragt Alina.

»Sucht euch einen aus. Ich hole inzwischen die Pizza.«

Während des Films schläft Malin fast ein. Sie hat sich an Niklas angelehnt.

»Wie spät ist es?«, fragt sie ihn.

»Fast vier.«

»Oh je, oh je, ich glaube ich haue mal lieber ab.«

Malin steht auf und fordert Cindy auf, ihr zu folgen.

»Also ciao, Leute.«

Die zwei Mädchen sind auch schon fast eingeschlafen. Bei dem Anblick muss Malin lächeln. Niklas begleitet sie noch zur Tür.

»Warum ist Justin eigentlich nicht mitgekommen?«

»Der war bis zum Nachmittag bei mir. Wie ich ihn kenne, wollte er bestimmt am Abend mal seine Ruhe haben. Danke für die Pizza.« Sie zwinkert ihm zu, bevor sie geht.

Jessica hat sich gemeldet. Am Abend, meinte sie, hat sie Zeit. Super, dann kann Malin vorher noch mit Sarah zum Tanztraining gehen. Sie sucht ihre Sportsachen zusammen. An der Bushaltestelle trifft sie Sarah. Die ist froh, mal rauszukommen.

»Ich dachte, nach der Hochzeit legt sich endlich der ganze Trubel. Aber nein, falsch gedacht. Jessica ist schon total gestresst. Den ganzen Tag beantwortet sie Karten, bedankt sich für die Geschenke.« Sarah macht eine kurze Pause. »Zum Glück will ich nie heiraten, da bleibt mir der ganze Stress schon mal erspart.«

»Und was sagt Benjamin dazu, dass du nie heiraten willst?«

»Ich bin erst achtzehn und er ist auch noch ziemlich jung. Der denkt bestimmt nicht an so was.«

Malin ist sich da nicht so sicher.

Der Bus hält vor der Tanzschule. Die Mädchen verschwinden in der Umkleidekabine. Malin freut sich auf das Training. Wenn sie tanzt, kann sie für einen Augenblick abschalten.

Nach fast zwei Stunden kommen sie verschwitzt nach Hause.

»Kommst du noch kurz mit zu mir? Ich muss nachher eh zu euch. Dann können wir zusammen hingehen. Ich brauche auch nicht lange, muss nur kurz duschen.«

»Hm okay, aber trödle ja nicht rum.«

Als Malin aus der Dusche kommt, stöbert Sarah in ihrem Fotoalbum herum. »Die Fotos hast du mir noch gar nicht gezeigt.«

»Die sind auch noch nicht alt. Ich habe sie erst letzte Woche entwickeln lassen. Wenn ich doch nur ein eigenes Labor hätte.«

»Bloß nicht, du würdest bestimmt alles in die Luft jagen.«

»Haha.« Malin sieht sie beleidigt an.

»Ich meine, bei deiner Schusssligkeit.«

»Jetzt reicht es aber.« Malin schmeißt ein Kissen nach ihrer Freundin.

Als sie bei Sarah ankommen, sitzt Jess genervt an einem Tisch, der von Karten übersät ist. »Mal ehrlich, warum verlangen alle eine Antwort? Sollte es nicht eine Regelung geben, dass man auf Hochzeitsglückwünsche nicht antworten muss, um das Paar zu entlasten?«

»Ja, das wäre bestimmt sinnvoll.« Malin lacht.

Jessica steht auf, um sie zu begrüßen. »So geht es schon seit Tagen. Aber bald habe ich mich durchgearbeitet.«

»Das klingt wirklich schlimm.« Sarah verschwindet, um zu duschen.

»Was wollen wir heute Abend machen? Ganz ehrlich, ich würde gerne mal hier raus, in die Innenstadt oder so.« In Jess' Blick liegt ein bisschen Sehnsucht.

»Von mir aus gerne«, meint Malin.

»Sam ist bei einem alten Freund. Wir können sein Auto nehmen.«

Zusammen mit Sarah fahren sie in die Innenstadt und machen einen Stopp bei McDonalds.

»Zugegeben, das Essen in dem Restaurant war besser. Aber das hier tut es auch zur Not.«

»Wann fliegt ihr nun zurück?«, will Malin wissen.

»In zwei Tagen. Morgen gibt es noch ein großes Familienessen. Aber wenn du möchtest, kannst du am Samstagmorgen noch mal kommen und tschüss sagen.«

»Sicher will ich das. Ich lasse dich doch nicht einfach so abreisen. Heute kann ich leider nicht lange bleiben, muss morgen früh raus. Ich habe Schule und wir schreiben eine Arbeit.«

»Stimmt, du gehst ja noch zur Schule. Das letzte Jahr, stimmt's?«

»Ja, richtig.«

»Und was willst du danach machen?«

»Ich warte noch auf eine Antwort auf eine Bewerbung. Erst dann entscheide ich.«

Am Samstag steht Malin früh auf. Es ist noch dunkel. In der Küche trifft sie auf ihre Mutter.

»Was machst du schon so früh auf den Beinen?«

»Ich sage Sam und Jess Auf Wiedersehen. Die fliegen heute nach England zurück.«

»Ach so, dann wünsch ihnen noch alles Gute von mir.«

»Ja, mach ich. Ich nehme Cindy mit zu Sarah.«

»Okay, dann kann ich mir noch Zeit lassen mit dem Frühstück.«

Jessica und Sam sind im Stress.

»Mann, beeil dich mal, sonst verpassen wir unseren Flug!« Sam schleppt den letzten Koffer zum Auto. Dann kommt er auf Malin zu.

»So Süße, wir müssen. Pass gut auf dich auf, wir melden uns.« Er drückt sie an sich. »Ich werde euch vermissen«, gibt Malin zu

»Wir dich auch.« Sie holt aus ihrer Tasche ein kleines Album. »Das sind noch Fotos von eurer Hochzeit, die ich gemacht habe.«

Sam nimmt das kleine Buch an sich. »Danke.«

Anschließend verabschiedet er sich von seiner Familie. Jessica haucht Malin einen Abschiedskuss entgegen. »Ich hab dich lieb, meine Kleine. Wir hören voneinander.«

Als das Auto um die Ecke biegt, sieht Malin wie Sarahs Augen feucht glänzen.

»So ein Idiot, warum muss er auch in London wohnen?«

Malin kann nicht anders, sie muss über Sarah lachen. »Komm, wir frühstücken erst einmal was. Und dann sehen wir ja, was der Tag noch so bringt.«

19 Schulschluss

Die Nacht wirft Schatten. Verzerrte Gestalten huschen über den Boden, klettern Wände empor.

»Scheiße, ist das heute kalt.« Malin zieht den Kragen ihrer Jacke hoch. Der Wind bringt die Kälte mit. »Und so was nennt man Sommer.«

Wenigstens Justins Hände sind warm. Sie gehen etwas abseits der Stadt. Malin bleibt stehen, ist gebannt von der Aussicht. Die Lichter funkeln bunt. Manche bewegen sich, huschen schnell vorbei. »Das sieht schön aus. Aber mir ist trotzdem kalt.«

»Mir ist warm, du hast nur zu wenig getrunken.« Niklas meldet sich nach langer Zeit mal wieder zu Wort.

»Ha, ha, klar doch. Wo bleibt eigentlich Alina?«

Niklas zuckt mit den Schultern.

»Oh nein, wehe sie ist jetzt verschwunden. Ich habe keine Lust, sie zu suchen.«

Justin zeigt in die Ferne. »Da kommt sie.« Malin seufzt. Sie ist müde. Eng kuschelt sie sich an Justin. Wie schön es bei ihm ist. Selbst die Kälte macht ihr in diesem Moment nichts aus.

Alina kommt ihnen leicht schwankend entgegen.

»Mädchen, hau nicht einfach ab!« Niklas schnappt sie, und nun schwanken die beide vor dem Paar her.

»Also wir müssen da lang, macht es gut Leute.« Weg sind die zwei. Malin dreht sich Justin zu. Sie sieht ihm in die Augen. Dann lächelt sie, schlingt ihre Arme um seinen Hals und küsst ihn. Am Ende weiß sie nicht mehr, wie lange sie so dastehen, aber die Zeit ist ihr auch völlig egal.

»Kommst du noch mit zu mir?«, fragt Justin. Das hätte er sich auch früher überlegen können. Stattdessen stehen sie ewig draußen in der Kälte. Gut, was soll's!?
»Ja, okay.«
Auch in seinem Zimmer wird ihr nicht warm. Am liebsten würde sie ihre Jacke anlassen. Schließlich überwindet sie sich und zieht sie aus. Eine Gänsehaut überzieht ihre Haut. Justin ist kurz verschwunden. Sie ist sich unsicher, ob sie ihre Sachen ausziehen soll. Ob es im Bett wärmer ist? Wohl nicht sehr. Sie lässt ihren dünnen Pulli an, und schlüpft unter dir Decke. Ihre Augen fallen zu. Aber sie hört, wie er ins Zimmer kommt und sich zu ihr legt. Sie spürt seine Wärme, seinen Atem in ihren Nacken.

Erleichtert kommt Malin nach Hause. Endlich sind die Prüfungen vorbei. Sie hat ein ganz gutes Gefühl, was ihre Noten angeht. Ihr ist die Schule noch nie schwergefallen, was das angeht, hat sie Glück. Aber trotzdem ist sie froh, dass es vorbei ist. Müde legt sie sich ins Bett und schaltet den Fernseher ein. Nach kurzer Zeit ist sie eingeschlafen.

Irgendetwas Kaltes berührt ihr Gesicht. »Cindy, später ja, lass mich schlafen.« Sie zieht sich die Decke über den Kopf, dann schreckt sie auf. Verdammt, wie spät ist es? Fast schon acht. In einer halben Stunde fährt ihr Bus.

Malin hetzt ins Bad. Schnell springt sie unter die Dusche, schnappt sich ein paar Sachen aus ihrem Schrank und rennt los. Außer Atem kommt sie an der Bushaltestelle an. Weit und breit ist kein Bus in Sicht. Malin sieht auf ihre Uhr, sie ist eine Minute zu spät dran. Wahrscheinlich ist er schon weg. Der nächste kommt erst in einer halben Stunde. So ein Pech. Sie setzt sich auf die Bank. Es sieht nach Regen aus. Hoffentlich wird das Wetter bald besser. Zu Malins Überraschung kommt der Bus doch noch, mit sechs Minuten Verspätung. Heute soll es ihr recht sein. Der Bus ist voll. Lauter Schüler und alle sind in Feierlaune. Es wimmelt nur so von Bier-, Cola- und anderen Flaschen. Malin hat den Verdacht, dass nicht in allen das drin ist, was auf dem Etikett steht.

»Hey Malin.« Einige grölen ihr zu. Ihr Alkoholpegel ist eindeutig erhöht.

»Endlich geschafft ist das nicht geil?!« Ein Klassenkamerad von Malin prostet ihr zu.

»Ja sicher.« Zusammen ziehen sie zur Schule. Ihrer ehemaligen Schule. Im Dunkeln kommt Malin dieser Ort fremd vor. Irgendwie ist es ein komisches Gefühl, zum letzten Mal hier zu sein.

Bald werden sie alle anderen Wegen folgen. Jeder seinem eigenen. Und was ist mit ihr? Welcher Weg ist für Malin vorgesehen?

Sie besetzen die Bänke auf dem Pausenhof. Noch einmal zusammen sein. Alte Geschichten werden erzählt. Über die ein oder andere muss Malin lachen. Manche sind ziemlich peinlich. Erinnerungen werden wach. Die Gruppe löst sich erst auf, als es zu regnen beginnt.

20 Open Air

Das Telefon klingelt. Malin springt auf, rutscht auf den glatten Boden aus und knallt hin.

»Autsch.« Schnell rappelt sie sich auf und greift nach dem Telefon. »Hallo, scheiße tut das weh«, schimpft sie.

»Malin?«

»Sarah? Sorry mich hat es gerade hingehauen.«

Am anderen Ende der Telefonleitung ertönt ein Lachen. »Eigentlich wollte ich dich ja jetzt umhauen. Hab nämlich eine wahnsinnig tolle Nachricht!«

»Aha?« Malin kann sich nicht vorstellen, was so wahnsinnig toll sein könnte. Ihr tut der Hintern weh.

»Du kennt doch bestimmt noch meinen Onkel aus Hamburg, oder?«

Sie überlegt kurz. Wenn sie sich recht erinnert, war sie vor einiger Zeit mit Sarah auf seinem Geburtstag. Keine typische Erwachsenenfeier, wo alle am Tisch sitzen und sich langweilen. Ihr Onkel war da anders. Cooler.

»Jo, ich erinnere mich an ihn.«

»Der arbeitet ja ab und zu im Medienbereich und organisiert auch noch Events. Jedenfalls hat er es echt geschafft, an Karten zu kommen. Und nicht an irgendwelche, rate mal von wem?«

»Hm, keine Ahnung. Schlager?« Malin muss lachen. Sie stellt sich bildlich vor, wie sie zwischen lauter alten Leuten sitzen und zu der Musik abgehen.

»Nee, du Blödi, von Pink!«

Es ist still. »Hallo, noch jemand da oder hat es dich doch noch mal umgehauen?«

Malin kann gerade nichts sagen. Sie muss das Ganze erst einmal verarbeiten. Pink, eine der besten Sängerinnen …

»Hey, sag mal was!«

»Wow.«

»Mehr fällt dir dazu nicht ein? Wie wäre es mit geil, großartig oder irgendetwas Vergleichbarem?«

»Warte mal.« Malin legt den Hörer beiseite und geht ins Wohnzimmer. Dann ist nur noch ein lautes Jubeln zu vernehmen. Nachdem sie sich wieder etwas beruhigt hat, nimmt sie das Telefon wieder in die Hand.

»Und wann findet das Konzert statt?«

»Am vierten Juli, das ist ein Samstag.«

»Eine Woche vor meinem Geburtstag.«

»Ja, das ist auch mein Geschenk für dich, wenn es dir nichts ausmacht? Für Justin habe ich ebenfalls eine Karte besorgt.«

»Mir, was ausmachen? Das ist wohl eines der besten Geschenke, die es gibt. Pink! Echt, ich kann es immer noch nicht glauben.«

»Na, dann passt es ja. Ich muss jetzt aber auflegen, mein Training fängt gleich an.«

»Ja, okay, man sieht sich. Ciao.« Malin hüpft überdreht durch die Wohnung. Cindy kläfft laut, wahrscheinlich, weil sie höchst verwundert über das Verhalten ihres Frauchens ist.

Schon am Morgen ist Malin ziemlich aufgeregt. Sie wird heute Abend Pink sehen. Das heißt, sie hofft, sie zu sehen und nicht wieder im letzten Eck zu stehen. So war es bei ihrem ersten Konzert, vor zwei Jahren.

Damals hatte sie zwei Monate auf die Karten gespart. Und dann war es ein totaler Reinfall. Sie hatte kaum was gesehen, außer ein paar schwarzen Punkten auf der Bühne. Zu allem Überfluss musste es auch noch regnen. Am Ende war sie genervt, enttäuscht und wütend.

Heute muss es einfach anderes werden.

Gegen Abend klingelt es an der Haustür. Justin! Malin hat es noch nicht geschafft, sich fertig anzuziehen. Soll sie das rote oder das schwarze Oberteil anziehen? Verdammt, was nun? Es klingelt erneut. Sie schnappt sich das schwarze Oberteil und zieht es an, während sie zur Tür rennt.

Justin lehnt an der Wand und grinst sie an. Malin lächelt entschuldigend.

»Sorry, dass du so lange warten musstest. Sarah wollte auch schon da sein.«

Justin lässt sich auf ihr Bett fallen. Wenn sie ihn da so sieht, könnte sie … es klingelt erneut. Dieses Mal ist es Sarah.

»Hi, Schatz, da bin ich!«

»Ja das sehe ich.« Sarah grinst frech und schmeißt ihre Jacke in die Ecke. Dann zaubert sie aus ihrer Tasche drei Flaschen Bier hervor.

Justin holt ein Feuerzeug und öffnet sein Bier. Sarah tut es ihm gleich. Nur Malin sieht ihre Flasche etwas hilflos an.

»Mensch, Mädchen, du wirst ja wohl eine Flasche aufmachen können?«

»Wie denn?«

»Ach, gib her.« Sarah öffnet Malin die Flasche.

»Mist, jetzt ist mein Feuerzeug kaputt.« Sie wirft es in den Mülleimer. »Malin, hast du noch eines?«

»Ich? Nee, hab keines.«

»Ich habe eins.« Justin zieht aus seiner Hosentasche ein Feuerzeug.

»Oh, meine Rettung. Gehen wir eine rauchen?«

Die zwei verschwinden auf den Balkon. Malin hat keine Lust mitzugehen. Sie bleibt auf dem Bett sitzen. Sollen sie sich doch ruhig in Rauchwolken einnebeln, wenn sie meinen. Sie sieht auf ihrem Regal eine CD von Pink liegen. Die hatte sie die letzten Tage immer wieder angehört, solange bis ihre Mutter ihr Einhalt gebot. Da sie aber gerade nicht da ist … Sie klettert auf einen Stuhl, um die CD vom Schrank zu holen. Der

Stuhl wackelt bedrohlich unter ihren Füßen, bis er schließlich den Stand verliert und Malin mit einem lauten Knall auf dem Boden landet.

»Autsch, nicht schon wieder.«

Vom Lärm alarmiert eilen Justin und Sarah herbei. Malin sitzt hilflos auf dem Boden. Ihre Augen sind glasig.

»Süße, was hast du jetzt schon wieder gemacht?« Justin kniet sich besorgt neben seine Freundin.

»Ich wollte doch nur die CD anhören«, bringt sie unter einem Schniefen hervor.

»Wie du das immer schaffst, ist mir ein Rätsel.« Justin wischt ihr die Träne mit einem Lächeln aus dem Gesicht und gibt ihr einen aufmunternden Kuss auf die Wange. »Zeig mal her, wo tut es weh?« Malin zieht ihr Hosenbein hoch. Aber man sieht nichts Verdächtiges. Nur das Knie ist ein bisschen angeschwollen.

»Das wird schon wieder. Wir legen etwas Kühles drauf und dann tut es auch bestimmt nicht mehr so weh. Jetzt guck nicht so traurig.«

»Ich hole schnell was.« Sarah springt davon. »Was ist, wenn ich jetzt nicht mit zum Konzert kann?«

»Ach, was, beruhig dich erst mal. Wir lassen dich schon nicht hier. Komm, ich helfe dir aufs Bett.«

Vorsichtig hebt er sie hoch und trägt sie zum Bett.

»Ich liebe dich«, flüstert sie ihm ins Ohr. Sarah kommt mit einer Tüte Eis zurück.

»Ich meinte eigentlich nicht was Kaltes zum Essen.« Justin lacht.

»Ich habe nichts anderes gefunden, das muss auch gehen.« Sie packt das Erdbeereis auf Malins Knie.

»Iiiiiih das fühlt sich ja widerlich an. Da esse ich es doch lieber.«

»Klappe, immerhin musstest du ja vom Stuhl fallen, selbst Schuld.«

»Du bist gemein. Als wenn es meine Absicht gewesen wäre.«

»Sicher war es Absicht, du wolltest nur im Mittelpunkt stehen. Genau das ist es! Deshalb machst du immer solche Sachen. Du willst nur, dass wir uns um dich kümmern. Ha, endlich habe ich dich durchschaut.«

»Nee, ich glaube, du hast nur einen gewaltigen Schuss.«

»Ach, gib es doch zu.«

»Spinnst du jetzt!? Ich falle doch nicht mit Absicht vom Stuhl.«

Die zwei streiten sich eine Weile. Justin beobachtet sie nur. Er weiß genau, dass es nicht böse gemeint ist, denn wirklich böse könnten die zwei nie zueinander sein. Am Ende lacht Malin wieder. Sarah hat es geschafft, sie auf andere Gedanken zu bringen.
»Und geht es deinem Knie besser?«
»Schon, aber es klebt.« Malin zeigt auf das inzwischen verlaufene Eis. Es tropft aus der Verpackung und läuft ihre Beine herunter.
»Ich glaub ich sollte mir erst mal das Zeug abwaschen.« Sie humpelt ins Bad, Sarah folgt ihr.
Wenig später sitzen sie im Auto, Justin fährt. Malin trägt einen Verband um ihr Knie. Justin hat ihr irgendeine kühlende Creme draufgeschmiert. Manchmal hat sie das Gefühl, er kennt sich bei ihr besser aus als sie selbst. Jedenfalls war er es, der das Richtige finden konnte. Die Sonne brennt heiß ins Auto.
»Mach endlich die Klimaanlage an. Hier zerläuft man ja.«
Nach endlosen zwei Stunden erreichen sie die Konzerthalle. Und nach einer weiteren halben Stunde finden sie einen Parkplatz. Sarah streckt sich, als sie das Auto verlässt. »Ich hab Hunger.«
»Hast du nichts mit?«
»Nö, du?«
Malin schüttelt den Kopf.
»Na toll, dann müssen wir uns eben was Essbares suchen. Gibt es hier in der Nähe einen Supermarkt oder so?«
»Woher soll ich das wissen, ich war hier doch noch nie.«
Justin verdreht die Augen. Mit den beiden hat man es wirklich nicht leicht.
»Vielleicht finden wir ja noch was auf dem Weg. Auf geht's.«
Sarah marschiert voran, ohne auch nur die geringste Ahnung zu haben, wo es hingeht. Sie folgt einfach den Menschenmassen. Unterwegs finden sie tatsächlich einen kleinen Laden.
»Oh mein Gott, hier ist ja die Höhle los«, sagt Justin.
An der Kasse hat sich eine lange Schlange gebildet. Sarah und Malin stehen vor dem Süßigkeitenregal und können sich nicht entscheiden. Justin wartet leicht genervt draußen. Unruhig sieht er immer wieder auf die Uhr.

»Das dauert echt ewig, die haben doch wohl nicht alle Hunger«, meint Sarah.

»Nee, guck doch, eher Durst.« Malin zeigt auf die Bierflaschen, die über das Band rollen.

»Warum haben wir eigentlich keine mitgenommen?« Malin zuckt mit den Schultern.

Vor dem Konzertplatz drängen sich riesige Menschenmassen durch enge Eingänge. Jeder Einzelne wird von Leuten in schwarzen Anzügen kontrolliert. Es wird immer heißer. Die Sonne gibt, was sie kann. Hätte Malin sich doch bloß für ein helleres Oberteil entschieden, das Schwarz wird ihr zum Verhängnis.

»Ich brauche erst einmal was Kühles zum Trinken. Kommt jemand mit?«

»Ja, ich hab auch Durst. Es ist sowieso blöd, wenn wir uns trennen, bis man hier wieder jemanden findet …«

Am Stand gibt es extra für das Konzert limitierte Becher. Klar, dass Malin da zugreift. Ganz stolz hält sie ihre Eroberung in der Hand. In dem Moment fängt die erste Vorband an zu spielen. Malin hüpft freudig auf der Stelle herum.

»Da sieht man mal: Etwas Musik und ihr Schmerz ist vergessen«, flüstert Sarah Justin zu.

Malins Herz pocht wild. Auf diesen Abend hat sie ewig gewartet. Justin umschlingt sie von hinten. Dicht beieinanderstehend verfolgen sie das Geschehen auf der Bühne. Sarah sieht den beiden einen Moment zu, bevor sie den Blick abwendet. Die Vorband verabschiedet sich.

Malin fand sie nicht schlecht, aber die zweite ist eindeutig besser. Sie schaffen es, die Menge zum Toben zu bringen. Dann wird es ruhig auf der Bühne. Ein paar Leute bauen andere Instrumente auf. Nur aus den Lautsprechern ist noch schwach eine Melodie zu vernehmen. Plötzlich flackert ein Licht auf und Pink betritt die Bühne. Das Publikum kreischt, als das erste Lied angespielt wird. Malin ist hin und weg.

Nach der ersten Pause wird es dunkel, die Sterne kommen hervor. Um sie herum tragen einige leuchtende Bänder. Sarah fragt einen Typen neben ihr, der eine ganze Packung von den Dingern zu haben scheint, ob sie welche haben können. Malin weiß nicht wie, aber Sarah gelingt es tatsächlich, ihm drei davon abzuluchsen. Glücklich betrachtet sie das Band um ihr Handgelenk.

Scheinwerfer huschen über den Platz, die Pause ist beendet. Nun wird es leiser. Pink spielt »I don't believe you.« Malin lauscht nach dem Text.

Sarahs Blick wirkt auf einmal traurig. Besorgt stellt Malin fest, dass sie weint, leise, einfach nur still vor sich hin. Malin umarmt sie. Sarah vergräbt ihr Gesicht. Justin sieht sie fragend an. Doch Malin weiß selbst nicht, was los ist. Vorher wirkte Sarah noch ganz normal, so wie immer.

»Hey, was ist denn?«

Sarah schluchzt. »Ben.« Weiter kommt sie nicht.

»Was ist mit Benjamin?«

»Wir hatten Streit.«

»Wann denn?«

»Vor ein paar Tagen und seitdem spricht er nicht mehr mit mir.«

»Oh je, warum hast du denn nichts gesagt?«

»Ich hab einfach gehofft, dass er sich meldet und alles wieder gut wird. Aber so ist es nicht.«

Malin sieht Justin hilflos an, sie weiß nicht, was sie sagen soll. Bei dem Lärm muss man sowieso eher schreien, nicht gerade ein guter Zeitpunkt, um zu reden.

»Jetzt Kopf hoch, genieße erst einmal das Konzert und dann reden wir nachher in Ruhe. Uns wird schon was einfallen. Im Moment kannst du eh nichts ändern«, versucht Justin sie zu besänftigen.

Wirklich trösten können die Worte sie natürlich nicht. Aber Sarah weiß, dass er recht hat. Sie wischt sich die Tränen ab und lächelt demonstrativ.

»Hier, du bekommst auch meinen letzten Schluck Bier, aber den Becher behalte ich.« Malin streckt Sarah ihr neues Heiligtum entgegen.

Das Konzert geht zu Ende. Das Rauskommen stellt sich als noch schwieriger heraus als das Reinkommen, da keine Leute mehr am Ausgang stehen, die die Menschen zur Ordnung ermahnen. Sarah kommt in dem Gedrängel abhanden.

»Oh nein, nicht auch noch das.« Malin sieht sich verzweifelt nach ihrer Freundin um. Draußen schreibt sie ihr eine SMS.

»Ich glaube nicht, dass es viel bringt, wenn du die ganze Zeit dein Handy anstarrst. Sie wird es nicht gehört haben«, meint Justin.

Sie setzen sich auf einen Randstein und warten. Nach einiger Zeit klingelt das Handy. Es ist Sarah, aber Malin kann kaum verstehen, was sie sagt. Im Hintergrund ertönt lautes Geschrei.

»Malin, hörst mich?«

»Schlecht. Es ist so laut.«

»Ja, ich weiß, wo seid ihr?«

»Links beim Ausgang, da wo der kleine Stand ist mit den Fanartikeln.«

»Okay, ich komme. Wartet.«

Wenig später steht sie vor ihnen.

Im Auto ist es ruhig. Malin ist müde, sie döst vor sich hin. Sarah blickt still aus dem Fenster. Malin fragt Sarah, ob sie noch mit hoch zu ihr kommt. Sie möchte ihre Freundin nicht allein lassen.

»Jetzt erzähl mal, was genau passiert ist.«

»Ist unwichtig. Ich möchte einfach nur, dass sich die Sache aufklärt. Aber wie soll das gehen, wenn er nicht mehr mit mir redet?«

»Hm, klar, so wird das nichts.«

»Ich hab ihn angerufen, aber er geht nicht ran. Auf meine SMS antwortet er auch nicht. Was soll ich denn noch machen?«

»Und wenn du mal bei ihm direkt vorbeigehst? Ewig kann er dich nicht so stehen lassen.«

»Vielleicht kann er es doch.«

»Ach was, versuche es, du hast nichts zu verlieren. Wenn du ihn liebst, musst du auch um ihn kämpfen. Du willst ihn doch nicht verlieren, oder?!«

»Natürlich nicht!«

»Na, also. Dann wäre es doch geklärt.«

Sarah überlegt einen Moment. »Okay, ich rede morgen mit ihm.«

21 Achtzehn

Malin legt den Hörer erleichtert auf. Sie hat gerade einen Partyraum für ihren Geburtstag gemietet. Das war ihre letzte Rettung, alle anderen waren schon belegt. Sie hat noch einmal Glück gehabt, auch wenn dieser Raum etwas teurer als die anderen ist. Das muss sie nun in Kauf nehmen. Endlich kann Malin alle einladen. Es wird auch Zeit. Nachdem sie alle abtelefoniert hat, ruft sie Sarah an. Dieses Mal muss sie ihr beim Einkaufen helfen. Am nächsten Abend kommen sie voll beladen zurück. Malin verstaut die Flaschen im Keller. Erschöpft sinken die zwei auf die Couch.

»Kommt was im Fernsehen?«, will Sarah wissen.

»Keine Ahnung, mach doch einfach an.«

Sarah zappt durch die Kanäle, während Malin den Kühlschrank durchstöbert. »Magst du was Essen?«

»Ja, klar, was hast denn?«

»Hm, ich könnte dir eine alte Brezel anbieten.«

»Ja nee, danke. Hast sonst nichts da?«

Malin durchsucht weiter die Küche. Sarah kommt ihr zu Hilfe.

»Also die Zutaten reichen für Spaghetti. Wenn du willst, mach ich schnell welche.«

»Oh ja.«

Dagegen hat Malin nun wahrlich nichts einzuwenden. Entspannt lehnt sie sich zurück, während Sarah das Essen macht. Malin überlegt inzwischen, ob sie alles für die Party hat.

»Shit, Sarah, was machen wir übermorgen eigentlich zum Essen?«

Sarah kommt mit zwei vollen Tellern aus der Küche zurück. »Ich würde mal sagen etwas, was nicht zu aufwendig ist. Du bekommst mit deinen Kochkünsten eh nichts Besonderes hin.«

Beleidigt sieht Malin ihre Freundin an. Diese stört sich nicht weiter daran.

»Am einfachsten wäre, es Brötchen zu belegen. Wenn du möchtest, kaufe ich am Samstagvormittag für dich ein. Ich hab eh frei. Dann kann ich noch einen Salat machen und dir gleich beim Aufbauen helfen.«
»Oh, du bist ein Schatz.« Malin umarmt Sarah dankbar.
»Mach ich doch gerne«, meint diese zufrieden. »Ich komme morgen dann so um neun vorbei.«
»Warum morgen?«
»Na, ich will doch da sein, wenn du um Mitternacht achtzehn wirst, oder hattest du vor, das zu verschlafen?«
Malin schüttelt den Kopf.
»Na, eben, dann machen wir zwei es uns gemütlich. Und am nächsten Tag wird dann richtig gefeiert.«

Malin stellt eine Schüssel mit Chips auf den Tisch und holt zwei Gläser. So einen gemütlichen Abend hatte sie sich schon lange nicht mehr mit Sarah gegönnt. Fröhlich singend bereitet Malin alles für den Abend vor. Als es klingelt, eilt sie zur Tür.
»Hi, Malin.« Sarah drückt ihr eine Flasche Sekt in die Hand. »Für heute Abend.«
»Danke. Das ist schön.«
»Ich hab noch etwas für dich.«
»Ach ja?« Malin sieht sie überrascht an. Da taucht Justin hinter ihr auf.
»Justiiiiin.« Malin wirft sich in seine Arme. »Du bist auch da! Kommt rein, ich hole schnell noch ein Glas.«
Sarah sucht in der Zwischenzeit eine DVD aus. Wenig später sitzen sie gemütlich beieinander. Malin vergisst die Zeit völlig. Als sie Sarah auf einmal stürmisch umarmt, kapiert sie zuerst gar nicht, warum.
»Happy Birthday, meine Kleine.«
Sie sieht auf die Uhr. Stimmt, es ist schon kurz nach Mitternacht. Sarah lässt sie nach einer halben Ewigkeit wieder los. Justin, der schon etwas ungeduldig ist, ergreift seine Chance und wünscht seiner Freundin alles Gute.
»Von mir und Ben bekommst du dein Geschenk morgen beziehungsweise heute Abend«, meint Sarah.

»Kommt er denn?«, fragt Malin überrascht.
»Ja wir haben gestern miteinander geredet.«
Malin lächelt.
»Und meines bekommst du nachher.« Justin grinst sie frech an.
»Aha?« Was das wohl für ein Geschenk sein mag? Sarah öffnet die Sektflasche und die drei stoßen zusammen an. Um zwei Uhr nachts beschließt Sarah, zu gehen.
»Hab dich lieb, meine Süße, bis später.«
»Ciao.«
Als sie weg ist, kann Malin ihre Neugierde nicht mehr zurückhalten.
»Und was ist das nun für ein Geschenk, das du für mich hast?«
Justin holt aus seiner Hosentasche eine kleine Schachtel und überreicht sie ihr. Malin öffnet vorsichtig die Schleife, die es zusammenhält. Als sie die Schachtel öffnet, kommt ein silbernes Armband zum Vorschein. Es hat einen kleinen Herzanhänger.
»Das ist toll.« Sie will es sich umlegen, als sie daran scheitert, hilft ihr Justin.
»Vielen Dank.« Malin umarmt ihn glücklich.

Am Morgen wird Malin sanft von Justin geweckt. Er drückt ihr einen Kuss auf die Stirn und überreicht ihr ein volles Frühstückstablett. Dann schaltet er das Radio an und kommt zu ihr zurück ins Bett. So gut ging es ihr selten. Malin fühlt sich wie im siebten Himmel. Sie greift hungrig nach einem der Brötchen. Nachdem sie sich ihren Bauch vollgeschlagen hat, kuschelt sie sich an Justin.
Erst als ihre Mutter sie gegen Mittag zum Essen bittet, stehen sie auf. Doch Malin hat noch gar keinen Hunger. Sie wartet lieber auf den Geburtstagskuchen.
Sarah kommt pünktlich zum Kaffee. Sie hat bereits alle Sachen für den Abend eingekauft.
»Mhm, lecker, Kuchen. Ich weiß, warum ich Geburtstage so mag.«
Später belegt Malin die Brötchen, während Sarah sich um den Salat kümmert. Zusammen mit Justin fahren sie zu dem gemieteten Raum.
»Der ist echt groß, ich hab ihn mir kleiner vorgestellt«, gesteht Malin.
»Umso besser, dann haben wir schon mal mehr Platz.«

»Also, uns bleibt noch eine Stunde, um alles fertigzubekommen. Schaffen wir das?«

»Locker. Wir müssen doch nur die Stühle runterstellen und das Zeug hier verstauen.«

Rechtzeitig, bevor die ersten Leute kommen, werden die drei fertig. Malin ist völlig überdreht. Überschwänglich begrüßt sie Alina, Niklas und den Rest. Alina haut es bei Malins Begrüßung fast um. Die zwei Mädchen lachen nur darüber und gehen geradewegs zur Bar. Ein paar Drinks später sind sie auf der Tanzfläche. Sarah stößt dazu. Nachdem es Malin schon langsam heiß wird, beginnt sie Justin zu vermissen. Wo steckt er nur?

»Ich komme gleich wieder«, schreit sie Sarah und Alina zu. In dem flimmerten Licht ist es schwer, jemanden zu erkennen. Irgendwann findet sie Niklas, der sich mit einem alten Freund von ihr unterhält.

»Hey, weißt du, wo Justin ist?«

Er zuckt mit den Schultern. »Nein, ich habe ihn das letzte Mal vor circa einer halben Stunde gesehen.

»Okay, dann such ich mal weiter.« Wo kann er nur stecken? Vielleicht ist er ja draußen, eine rauchen. Malin weiß, dass er es lieber vor ihr verheimlichen will, was er aber nicht schafft.

Auch draußen findet sie in nirgends. Möglicherweise sind sie aneinander vorbeigegangen.

»Maaaalin, da bist du ja!«, Alina kommt ihr entgegengerannt.

»Ja entschuldige ich habe Justin gesucht.«

»Ach, der taucht schon wieder auf«, meint Alina.

»Hoff ich doch.«

»Sicher. Du kommst jetzt tanzen.«

Malin folgt und kehrt mit Alina auf die Tanzfläche zurück. Für kurze Zeit kann sie sich ablenken, aber das geht nicht lange gut. Hoffentlich ist Justin nichts passiert. Okay, was soll ihm schon passieren? Er ist alt genug, versucht sich Malin einzureden. Es klappt nicht.

Verdammt noch mal, sie will sich amüsieren und dass Justin bei ihr ist. Wieder sucht sie nach ihm. So langsam ärgert sie sich ein bisschen. Wie kann er einfach abhauen? Sie beschließt, oben nachzusehen. Zwar weiß Malin nicht, was sich dort befindet, doch ist es der einzige Ort, an dem sie noch nicht gesucht hat. Langsam geht sie die Treppen hoch. In der Dunkelheit sieht sie kaum etwas. Kann es sein, dass dort Stimmen sind? Je weiter sie nach oben geht, desto klarer werden die Stimmen. Anscheinend vergnügen sich da zwei recht gut. Eine der Stimmen kommt ihr bekannt vor. Kann es sein, dass …? Nein ach was, niemals. Trotzdem, sie kann nicht anderes. Langsam öffnet Malin die Tür. Ihr Atem geht schnell und setzt dann aus. Sie will nicht glauben, was sie sieht. Nein, das kann nicht wahr sein. Nie im Leben. Nein!!!!!!! Nie, nie, nie …

Sie muss sich täuschen. Was sie sieht, kann nicht real sein. Das auf dem Bett dort, mit der fremden Frau kann nicht Justin sein. Wie kann er nur verdammt? Das kann doch nicht wahr sein?

Inzwischen haben die zwei sie bemerkt. Malin weiß nicht, ob es Entsetzen Überraschung oder sonst was ist, was in seinem Blick liegt. In diesem Moment ist es ihr auch egal. Sie stürmt die Treppen hinunter, fällt, rappelt sich wieder auf, um ihre Flucht fortzusetzen. Er folgt ihr nicht einmal, um alles zu erklären. Malins Kopf schwirrt, sodass sie keine klaren Gedanken fassen kann. Sie muss sich getäuscht haben, sagt ihr Herz. Doch ihr Verstand weiß, dass es nicht so ist.

»Malin, Maaaaalin hey, warte doch mal«, ruft ihr Sarah hinterher.

Nach einer halben gefühlten Ewigkeit bleibt sie endlich stehen. Malin fühlt sich, als wenn ihr die Luft zum Atmen genommen worden wäre. Die Welt um sie herum dreht sich und ihr Verstand wohl mit ihr. Kann es wahr sein? Kann es wirklich wahr sein? Aber er liebt sie doch? Sagte er das nicht noch am Morgen zu ihr? Sie ist sicher, er sagte es. Ganz sicher, die Worte klingen in ihr, immer wieder. War es eine Lüge? Aber was ist mit all der Zeit, die sie zusammen verbracht haben? Wie kann es ihm auf einmal nichts mehr bedeuten, wie kann er lügen?

Malin versteht gar nichts mehr. Wie im Traum nimmt sie eine Hand auf ihrem Rücken wahr. Sarah umarmt ihre beste Freundin, die weinend auf der Wiese kniet.

22 Sinnlos

Malin hat schon viele schlimme Nächte erlebt. Doch an diese kommt wohl keine ran. Wie kann man dieses Gefühl beschreiben, dieses Gefühl von Leere, Schmerz, Verzweiflung und vielleicht auch ein bisschen Hoffnung. So sehr man sich einredet, dass es alles ein Traum war, so sehr man es sich auch wünscht, es ist doch nur ein schmerzlicher Wunsch.

Malin hat sich unter ihrer Bettdecke vergraben. Es ist dunkel in ihrem Zimmer. Sie weiß nicht mehr, wie spät es ist, wie lange sie schon so daliegt. Gerade, wenn ihre Tränen zu trocknen beginnen, muss sie erneut weinen. Dieser Schmerz, dieser unerträgliche Schmerz ist tief in ihr. Als würde er sie von innen zerstören wollen. Selbst jede einzelne Bewegung tut weh. Immer wieder sieht sie ihn mit dieser Frau. Malin weiß nicht einmal genau, wer sie ist und wer um alles in der Welt die eingeladen hat. Wahrscheinlich er. Aber Justin würde so etwas doch nie tun, sie muss sich getäuscht haben. Nein, sie hat sich nicht getäuscht. So schwer es auch einzusehen ist, was sie da sah, entsprach der Realität. Justin hat sie betrogen, an ihrem eigenen Geburtstag!

Das ist doch das Letzte. Wie kann sie ihm nur so wenig bedeuten? Was war überhaupt von allem wahr, was er sagte, was er tat? Wenn er am Ende alles hinwirft, alles, was sie hatten zerstört. Mit diesem einen Moment. Ein Moment ist ihm mehr Wert als sie.

Aber vielleicht geht das auch schon länger. Malin will es sich gar nicht vorstellen, schnell verdrängt sie diesen Gedanken wieder. Sie fällt in einen unruhigen Schlaf. Das Klingeln ihres Handys lässt sie aufschrecken. Das Display leuchtet. Es interessiert sie nicht. Keiner kann etwas tun oder sagen, was sie aufmuntern könnte. Sie ist mit der Welt fertig. Langsam verschwimmt sie vor ihren Augen. Die Umrisse sind unscharf.

Warum stehen lauter Menschen um sie herum? Sie lachen und zeigen mit den Fingern auf etwas. Malin folgt ihren Blicken und sieht, worauf sie deuten. Da sind zwei Menschen in ihrer Mitte. Sie küssen sich, ziehen sich langsam unter den Blicken der anderen aus. Die Umrisse werden klarer. Malin erkennt das Gesicht des Jungen. Es ist Justin. Er grinst sie hämisch an. Sie stolpert, fällt auf den harten Boden.

Die Stimmen werden immer lauter. Malin schreckt auf. Das Herz schlägt ihr bis zum Hals. Es war nur ein Traum, ein Traum nicht mehr. Es klingelt an der Tür, doch sie bleibt sitzen. Da klingelt es wieder. Mühsam rappelt sie sich auf. Sarah steht aufgelöst vor ihr.

»Hast du meine SMS nicht gelesen? Ich hab mir solche Sorgen gemacht!« Sie umarmt ihre Freundin fest. Malin kämpft mit den Tränen, doch sie gewinnen. Sarah drückt sie fest an sich. Malin will etwas sagen, aber jedes Wort endet in einem Schluchzen. Irgendwann ertönt ein klagender Laut. Cindy sieht Malin bettelnd an.

»Oh je, sie hat wahrscheinlich Hunger«, sind die ersten Worte die Malin hervorbringt. Sie holt ihr etwas zum Fressen und bemerkt dabei, wie schwach sie ist. Ein Blick auf die Uhr verrät Malin, dass ihr Geburtstag inzwischen zwei Tage zurückliegt. Wann hat sie das letzte Mal was gegessen? Cindy stürzt sich hungrig auf ihr Futter.

»Ist deine Mutter nicht da?« Malin schüttelt den Kopf. »Sie ist für vier Tage geschäftlich verreist.«

»Also warst du die ganze Zeit allein?« Entsetzen liegt in Sarahs Blick.

Malin hat sich in den Sessel gesetzt. Sie zittert leicht. Sarah steht auf, holt ihr eine Decke und macht für Malin eine heiße Schokolade. Dann drückt sie ihr die warme Tasse in die Hand.

»Ich schnappe mir Cindy und mache mit ihr einen kleinen Spaziergang, bevor sie noch durchdreht. Bin bald wieder da.« Sarah nimmt Cindy an die Leine und verschwindet.

Wieder ist es ruhig um Malin herum. Sie hält diese Ruhe nicht mehr aus und macht Musik an. Als sie vor dem Radio steht, wird ihr plötzlich schwindlig. Der Kreislauf macht schlapp. Malin sinkt auf den Boden, ihre Beine wollen nicht mehr gehorchen. Laut schluchzend vergräbt sie ihr Gesicht. Erst als Sarah zurückkommt, schafft sie es wieder zu ihrem Sessel. Sie hat ihr eine große Tafel Schokolade mitgebracht und frische Brötchen gekauft. »Hier, du musst was essen.«

»Nein, ich will nichts.«

Mit traurigen Augen sieht Sarah Malin an. Dann belegt sie, trotz aller Einwände, die Brötchen und kommt mit einem vollen Teller zurück.

»Komm, iss wenigstens ein bisschen was. Du musst ja nicht gleich das ganze Brötchen verschlingen.«

Malin greift nach einem der Brötchen. Als sie hineinbeißt, wird ihr schlecht. Trotzdem nimmt sie noch einen Bissen. Sarah stellt eine Kanne Tee auf den Tisch. Durstig trinkt Malin. »Was ist eigentlich noch passiert, nachdem ich weg bin?«

Schwach erinnert Malin sich daran, wie Sarah Ben bat, Malin nach Hause zu fahren. Dann weiß sie nur noch, wie sie im Bett lag, für lange Zeit.

»Ich habe ihnen gesagt, du hättest zu viel getrunken. Tut mir leid, aber was Besseres ist mit nicht eingefallen. Es waren eh nicht mehr viele Leute da.«

»Nein, ist schon okay so. Danke.«

Sarah bleibt noch eine Weile bei ihr. Sie reden nicht über den Vorfall. Malin fehlt die Kraft dazu und Sarah möchte ihr noch etwas Zeit geben. Am Nachmittag geht Sarah mit dem Versprechen, abends noch einmal vorbeizukommen. Malin legt sich wieder ins Bett, zurück in ihr dunkles leeres Zimmer.

Sarah hält ihr Versprechen und kommt am Abend noch einmal bei Malin vorbei und sie bringt Ben mit. Malin weiß nicht, ob es ihr recht ist, dass er da ist. So verheult, wie sie aussieht, möchte Malin sich lieber vor der Welt verstecken.

»Hat er sich eigentlich danach einmal bei dir gemeldet«, fragt Sarah vorsichtig.

»Hm, ja, er hat mir zwei SMS geschrieben, aber ich habe sie nicht gelesen.«

»Solltest du das nicht mal tun? Irgendwann musst du es hinter dich bringen. Dann lieber gleich, als es ewig vor sich hinzuschieben.«

Malin hat nicht einmal vor, die SMS jemals zu lesen. Was will er ihr schon sagen? Tut mir leid, dass ich mit einer anderen gefickt habe? Als wenn das irgendetwas ändern würde. Das hätte er dann vorher wissen müssen.

»Malin?«

»Nein, ich will sie nicht lesen. Jetzt nicht.«

Sarah kramt in ihrer Tasche herum. »Da, die habe ich mir heute gekauft. Dachte die könnten wir vielleicht ansehen.«

Sie hält eine noch verpackte DVD in der Hand.

»Ja, von mir aus, schmeiß rein.«

Sarah hat den Film wohl überlegt gewählt. Keine traurigen Szenen. Eine Komödie. Trotzdem lacht Malin nicht ein Mal. Stattdessen ist sie ständig kurz davor, wieder zu weinen. Als die zwei sie nach Mitternacht verlassen, irrt sie erst ziellos in der Wohnung herum. Dann fällt ihr Blick auf ihr Handy. Soll sie die Nachrichten doch lesen? Vielleicht hat Sarah recht und sie muss die Sache hinter sich bringen. Aber sie hat Angst, ohne genau zu wissen, wovor. Vor der Endgültigkeit? Davor, Justin für immer zu verlieren? So ein Blödsinn, was macht es denn noch für einen Sinn? Es wäre besser, ihn zu vergessen. Aber egal, wie groß ihre Wut ist, wie tief der Schmerz, wie soll sie einfach aufhören ihn zu lieben?

Mit zitternden Händen greift Malin nach ihrem Handy. Sie zögert und ist kurz davor, es wieder in die Ecke zu legen. Nach einer Weile hat sie ihren Mut zusammengenommen. Drei Kurznachrichten von Justin. Malin liest die erste: Es tut mir leid.

Mehr nicht? Vier bescheuerte Worte? Das war es? Reine Geldverschwendung. Ob er in der nächsten SMS mehr zu sagen hat?

Malin, ich wollte das nicht. Das musst du mir glauben. Bitte rede mit mir, ich kann alles erklären. Justin.

Oh, sie wusste es. Erklären, ja sicher. Was soll er ihr schon erklären? Sie hat genug gesehen. Und glauben tut sie ihm sowieso kein Wort. Na gut, mag sein, dass es ihm wirklich leidtut. Na und? Wenn er wüsste, wie leid es ihr erst tut. Tränen laufen über Malins Gesicht, als sie die letzte SMS liest.

Bitte, gib mir noch eine Chance. Ich weiß, dass ich dich sehr verletzt habe und es war das Dümmste, was ich machen konnte. Wenn ich es rückgängig machen könnte, ich würde es sofort tun. Ich würde alles dafür hergeben, dich bei mir zu haben. Bitte, Malin, lass uns reden. Ich warte auf eine Antwort von dir, in Liebe, Justin. PS: Und in Hoffnung, deine nicht für immer verloren zu haben.

23 Neustart

Für immer ...
Was ist schon für immer? Nichts wurde für die Ewigkeit geschaffen. Alles ist vergänglich, erlischt wie der Schein einer Kerze. Doch es kann sein, dass dieses kleine Licht, so unscheinbar es auch sein mag, für immer in uns brennt und uns an die Wärme, die sie von sich gab, erinnert. Vielleicht kann uns eine kleine, noch so schwache Erinnerung in schwereren Zeiten am Leben erhalten. Auch wenn diese Erinnerungen teils schmerzlich sind. Man sollte sie nicht verbannen, wegsperren. Denn es kann sein, dass man den Schlüssel verliert und sie einen somit für immer verwehrt bleiben. Also leben wir mit dem Schmerz, bis er endlich nachlässt und Raum für Neues schafft.

Draußen fällt leise der Schnee. Malin kuschelt sich in ihren Pullover und sieht aus dem Fenster. Niklas steht in der Kälte und wartet auf sie. Als er sie sieht, lächelt er ihr zu. Malin erwidert sein Lächeln und schnappt nach ihrer Jacke. Cindy steht bereits an der Tür, sie möchte endlich raus zu ihrem Jim. Der Schnee wirbelt auf, als sie davonspringt. Malin küsst Niklas, der wärmend seine Arme um sie legt.
»Hi, mein Schatz.«
»Hey, du. Und? Bereit?«
Niklas grinst. »Aber sicher.« Er greift nach ihrer Hand und die zwei machen sich auf den Weg zur Silvesterparty. Es ist ein ungewohntes Gefühl. Alle sind da, Evelyn, Alina, Sarah mit Ben und Justin, der Mann, dem Malin ihr Herz geschenkt hatte. Fünf Monate ist es her, dass ihre Welt zusammenbrach, so plötzlich wie ein hereinbrechendes Gewitter. In ihr steigt Panik auf, doch Niklas hält ihre Hand fest umschlossen. Das macht eine Flucht unmöglich. Malin schnappt nach Luft und nimmt ihren Mut zusammen.
»Hallo, Leute.«

Alina kommt, wie so üblich, angerannt. »Hiiiiiii, Malin. Schön, dich zu sehen.«

»Nein, schön, dich zu sehen.«

Justin sieht kurz zu ihr. Es schmerzt, ihn zu sehen. Wie oft hat sie sich gewünscht, alles wäre anders gekommen? So unendlich oft. Aber die Vergangenheit lässt sich nicht ändern, egal, wie sehr man es sich auch wünscht. Warum ist loslassen so, schwer? Warum ist es so schwer, sich zu entlieben, neu anzufangen? Weil wir auf unser Happy End hoffen? Wollen, dass alles gut wird und bezweifeln, dass dieser Traum wahr werden kann, wenn wir doch das, was wir liebten, verloren haben? Wie soll Aschenputtel am Ende eine Prinzessin werden, wenn der Prinz sie einfach vergisst? Wer erlöst Schneewittchens vom Tod, der sie in ihrem gläsernen Sarg gefangen hält, wenn der Prinz sie nicht küsst? Und wer befreit Dornröschen von ihrem ewigen kalten Schlaf, wenn der Mann, der sie erlösen soll, fernbleibt? Die Antwort ist schwer zu finden. Aber mit Sicherheit gibt es eine. Vielleicht kommen andere, die sie retten. Klar, es wird nie das Ende sein, das wir kennen. Nur wer sagt, dass es deshalb schlechter sein muss?

Niklas hat ihr was zum Trinken und Essen geholt. Alle haben gute Laune, nur Malin fällt es schwer, fröhlich zu sein. Trotzdem lächelt sie. Es ist wie damals und doch alles anderes.

»Kommst du mit raus, Malin? Wir wollen das Feuerwerk sehen.«

Niklas wartet auf seine Freundin, die noch schnell ihre Jacke holt. Die eisige Luft schlägt ihr ins Gesicht. Fröstelnd beobachtet sie mit den anderen Mädchen die Jungs, die das Feuerwerk vorbereiten und den einen oder anderen Silvesterknaller zu früh loslassen. Einer fliegt in Alinas Richtung, die daraufhin kreischend davonstürmt. Die anderen lachen, was ihr nun gar nicht gefällt.

»Hey, passt auf ihr Idioten! Oh, Mann, die haben doch nichts im Hirn. Wie kleine Kinder.«

»Wenigstens sind sie beschäftigt.«

Malin fühlt sich unwohl. Sie beobachtet Niklas und Justin, die herumalbern. Sie wird das nie wieder mit ihm können. Auf jeden Fall wird es nie mehr das Gleiche sein.

Es gibt kein Zurück.

»Ist das nicht schön, Schatz?« Niklas hat Malin in den Arm genommen und sieht mit ihr zusammen das Feuerwerk an.

»Ja, es sieht toll aus.« Die Lichter der Stadt konkurrieren mit den sich immer neu entfaltenden Funken am Himmel, die nach kurzem Aufglühen wieder erlöschen. Malin zündet sich eine Wunderkerze an und wirbelt sie durch die Luft. Es entstehen Lichtkreise, schließlich formt sie ein Herz, das aber eher nach einem missglückten Kringel aussieht. So wie ihre erste Liebe missglückte, findet Malin. Aber vielleicht klappt es ja beim zweiten Versuch?

Mit etwas Fantasie sieht es beim nächsten Mal wirklich nach einem Herzen aus. Ein Lächeln huscht über ihr Gesicht. Sie drückt Niklas einen Kuss auf die Wange und flüstert ihm ins Ohr, dass ihr kalt ist. Das Feuerwerk ist fast zu Ende und so hat er nichts dagegen, zurück ins Warme zu gehen. Die zwei sind als Erste in dem Partyraum.

»Ich bin froh, mit dir hier zusammen sein zu dürfen«, sagt Niklas vorsichtig. Malin bemerkt einen Zweifel in seiner Stimme. Sicherlich nicht der Zweifel darüber, dass er glücklich ist, sie zu haben, sondern der Gedanke, sie könnte anderes empfinden als er. Und Malin ist sich wirklich nicht ganz sicher, was sie fühlt. Es ist nicht so, dass er ihr egal ist, das war er noch nie und inzwischen ist er es noch weniger als zuvor.

Aber es ist nicht jene bedingungslose Liebe, wie sie Malin bisher erfahren hat. Vielleicht hat sie einfach Angst, sich zu sehr zu verlieben. Denn je größer eine Liebe, desto mehr kann man verletzt werden. Da erscheint es sicherer, einen gewissen Abstand zu bewahren. Liebe ist nicht sicher und das weiß Malin auch. Also warum lässt sie es nicht einfach zu?

»Das bin ich auch.« Sie streicht ihm übers Haar, als Alina reinkommt.

»Mann, ist das kalt draußen. Ich brauche erst einmal etwas zum Aufwärmen.« Sie greift nach einem Glas, das sie mit Wodka und Cola füllt und herunterschüttet. Dann setzt sie sich zu den beiden.

»Wollt ihr auch was?«

Malin nickt und Alina schenkt ihr ein. »Mann, das Jahr ist so schnell rumgegangen, der Wahnsinn. Bald sind wir alle alte Leute, sitzen im Schaukelstuhl und sehen unseren Enkelkindern beim Spielen zu.«

Malin muss lachen. »Na, ich glaube, so schnell wird das auch nicht eintreten. Noch haben wir ein paar Jahre. Außerdem brauchst du erst einmal Kinder, um Enkelkinder haben zu können.«

»Hm, stimmt.« Gedankenversunken sieht Alina die leere Wand an.

»Mach dir mal nicht so viele Gedanken«, schlägt Malin vor.

Ihre Freundin grinst. »Nein, habe nur geträumt.«

»Wovon denn?«

»Sag ich nicht.«

»Och, Menno, bist du fies.«

So langsam füllt sich der Raum wieder und somit steigt auch die Lautstärke. Malin will nicht mehr bleiben und bittet Niklas, zu gehen. Dieser hat wenig Lust, die Party schon zu verlassen, gibt aber nach. Sie verabschieden sich von den anderen und machen sich auf den Weg nach Hause. Malin zittert am ganzen Leib, als sie endlich bei Niklas' Haus ankommen. Es ist eiskalt.

Im Wohnzimmer findet sie Cindy und Jim schlafend vor. Sie überlegt, ob sie ihre Hündin begrüßen soll, aber die zwei liegen so friedlich da, dass Malin sie nicht stören möchte.

»Willst du was Warmes zum Trinken?«

»Oh ja, gerne, das wäre lieb.«

Niklas geht in die Küche, während Malin sich auf das Sofa setzt. Er kommt mit einer heißen Schokolade in der Hand zurück. Dankbar nimmt sie die Tasse entgegen. Das Haus ist gemütlich, sie ist gern hier. Niklas setzt sich auf die Couch und sieht immer wieder zu Malin rüber. Schließlich steht sie auf und gesellt sich zu ihm. Sie fühlt sich sicher bei ihm. Cindy hat inzwischen ihre Augen geöffnet und sieht Malin an, die sich zu ihr auf dem Boden niederlässt.

»Hey, meine Süße, war es schön hier bei Jim, ja? Oder hat das Feuerwerk euch sehr erschreckt?« Die Hündin gähnt entspannt, reckt sich und schiebt dann ihre Schnauze unter Malins Hand. Sie streicht ihr über das weiche Fell. Jim sieht neidisch zu. Schließlich krault sie gleichzeitig beide Hunde, die genüsslich ihre Augen schließen. Niklas kommt zu ihnen und küsst Malin. Als er ihr zu aufdringlich wird, schiebt sie ihn beiseite. Doch Niklas gibt nicht so schnell auf. Er hält ihre Hände fest, die ihn wegdrücken wollen und versucht sie zu küssen, bis Malin schließlich nachgibt. Sein Körper drückt sie zu Boden.

»Niklas, nicht«, erklingt es leise aus ihrem Mund. Er richtet sich auf, damit sie aufstehen kann. Aber als sie in seine Augen sieht, zieht sie ihn wieder an sich und küsst ihn stürmisch, bis sie nach Luft ringen muss. Sie machen eine kurze Pause, in der Niklas langsam beginnt, ihren Pullover auszuziehen. Malin schlägt sich ungeschickt ihren Arm am Boden an. »Au.«

Niklas beschließt, dass es wohl doch besser ist, im Bett fortzufahren und trägt Malin ins Schlafzimmer. Am nächsten Morgen erwacht sie, als es noch dunkel ist. Nur eine leichte Morgenröte durchzieht den Himmel. Niklas liegt neben ihr und schläft noch tief und fest. Malin berührt leicht seine Lippen, bevor sie sich umdreht, um weiterzuschlafen.

24 Ein Kinobesuch

Draußen regnet es in Strömen. Malin seufzt. Eigentlich wollte sie mit Niklas und Alina in die Innenstadt gehen, aber bei dem Wetter vergeht ihr jede Lust. Wenn es wenigstens noch schneien würde, das wäre angenehmer als dieser kalte Regen.

Ein Auto hält unten in der Einfahrt. Malin erkennt es. Sie hat Niklas nicht so früh erwartet. Er steigt aus dem Auto. Wenige Sekunden später klingelt es. Niklas ist pitschnass, bis er bei ihr ankommt. Das Wasser tropft auf den Boden und bildet kleine Pfützen.

»Hey, Süße, ich dachte, ich hole dich bei dem Wetter lieber ab.«

Er möchte sie umarmen, aber Malin hält ihn zurück. »Zieh dir erst mal die nassen Sachen aus, sonst überschwemmst du noch die ganze Wohnung.«

Niklas sieht sie neckisch an. »Oh, du kommst aber auch gleich zur Sache.« Ein breites Grinsen überzieht sein Gesicht.

Malin sieht in seine blauen Augen. »Haha, Scherzkeks.«

Sie geht in ihr Zimmer, um sich für den Abend umzuziehen, als sie wenig später sich nähernde Schritte wahrnimmt. Malin spürt den Atem auf ihrer Haut, sie dreht sich vorsichtig um. Das Wasser tropft von seinen nassen Haaren auf seinen nackten Oberkörper und rinnt langsam weiter nach unten. Malin muss sich zusammenreißen.

»Alina wartet bestimmt schon auf uns«, versucht sie die Situation zu entschärfen.

»Dann eben später.«

»Ich muss morgen arbeiten.«

Enttäuscht gibt Niklas sich geschlagen.

»Aber übermorgen fange ich erst später an«, fügt Malin mit einem Zwinkern hinzu. Sein Lächeln kehrt zurück.

»Komm, lass uns gehen.«

Zusammen holen sie Alina ab. Schnell rennt sie zum Auto, um nicht völlig nass zu werden.

»Brrrrrr ist das schon wieder ein Mistwetter. Hoffentlich ist es im Kino schön warm.«

Niklas kauft die Karten, während Malin und Alina Popcorn und was zum Trinken holen.

»Denkst du, wir schaffen das ganze Zeug?«

»Ja, sicher. Das ist bestimmt schon vor dem Film weg, wenn Niklas mal wieder richtig reinhaut.«

Alina lacht.

»Was machst du am …«, weiter kommt Malin nicht. Vor Schreck lässt sie fast die Popcorntüte fallen. Mitten in der Menge hat sie Justin erkannt. Er ist nicht allein, an seiner Seite ist eine junge Frau mit kurzen braunen Haaren. Entsetzt starrt sie in seine Richtung. Es dauert eine ganze Weile, bis sich Malin von dem Anblick losreißen kann. Ein tiefer Stich fährt in ihr Herz. Schmerzlicher, als er sein sollte. Seit ihrem Geburtstag ist sie ihm, so gut es ging, aus dem Weg gegangen. Und nun sieht sie ihn hier mit dieser Frau an der Bar sitzend, lachend, miteinander flirtend.

Sie schaut weg, Alina hat Justin noch nicht entdeckt und sieht verwirrt in Malins Gesicht. Erst als sie ihn ebenfalls erblickt, wird ihr Malins Reaktion klar.

Sie schnappt ihre Hand und zieht sie hinter sich her in die Damentoilette. Malin zeigt keine Emotionen, ihr Blick führt ins Leere.

»Süße, Malin ...« Alinas Stimme durchdringt Malin, aber es fällt ihr schwer zu verstehen, was sie sagt.«

»Ja?« Ihre Stimme klingt komisch, ganz fremd.

»Oh, Malin, vergiss diesen Idioten. Der kann sich ja nicht mal entscheiden, hat ständig andere.« Alina zögert. Hat sie gerade was Falsches gesagt?

»Hm.« Mehr bringt Malin nicht hervor.

»Komm, wir gehen in die Vorstellung, sonst verpassen wir noch den Film und Niklas macht sich bestimmt schon Gedanken, wo wir sind. Jetzt guck nicht so traurig, das hat der gar nicht verdient, nicht mal eine Träne. Also, hopp.« Alina lächelt ihr aufmunternd zu.

Malin holt tief Luft, bevor sie sich wieder aus dem sicheren Unterschlupf wagt. Hoffentlich läuft sie ihnen nicht wieder über den Weg. Sie hat Glück und erreicht den dunkeln Kinosaal ohne weiteren Zwischenfall. Die Werbung läuft bereits.

»Wo habt ihr euch denn rumgetrieben?«

»Wir mussten mal wo hin.«

Niklas verdreht nur kurz die Augen und greift hungrig in die Popcorntüte. »Möchtest du nichts, Schatz?«

»Nein, danke, gerade nicht.«

Der Film verschafft ihr etwas Ablenkung, doch hat sie immer wieder diese Bilder vor sich. Und dann erinnert sie sich an die Nacht und die Zeit, die darauf folgte. Sie nahm Justins Entschuldigung nicht an, sie konnte es nicht. Der Schmerz war zu groß und das Verzeihen zu schwer.

Malin kann es noch immer nicht, ihm verzeihen. Sie will nur eines: vergessen. Statt seine Entschuldigung anzunehmen, schrieb sie ihm, dass sie ihre Sachen zurückhaben will. Das war das letzte Mal, dass sie sich sahen, bevor eine lange Pause folgte. Aber sie schaffte es nicht, zu vergessen, nur manche Dinge anders zu sehen. Und so langsam wurde Malin klar, dass so vieles falsch gewesen war.

Sie schläft unruhig in dieser Nacht. In ihren Träumen wird sie von Justin verfolgt.

Am nächsten Morgen fällt es ihr schwer, aus dem Bett zu kommen. Ihre Mutter macht ihr einen Kaffee.

»Du siehst fertig aus. Konntest du nicht schlafen?«
Malin hat Schwierigkeiten, ihre Augen offen zu halten.
»Habe schlecht geträumt.«
Sie bemerkt, dass sie ihre Mutter etwas besorgt ansieht.
»Das wird schon, meine Kleine. Mach dir nicht so einen Kopf.«
Leicht gesagt. Weiß sie, wie sie sich fühlt? Malin packt sich etwas zum Essen ein und geht nach draußen in die Kälte. Wie gerne würde sie sich jetzt wieder ins Bett kuscheln. Hastig geht sie durch die noch leeren Gassen. Sie klopft an die Tür eines kleinen Ladens. Ein älterer Herr öffnet ihr. »Guten Morgen, Malin, du siehst aber mitgenommen aus.«
»Bitte entschuldigen Sie, Herr Sebert. Ich habe schlecht geschlafen.«
Was er wohl denkt?
»Hm, so was kann vorkommen. Wir haben eine neue Lieferung, die Kisten stehen hinten im Lager.«
»Ist okay.«
Auf den Weg ins Lager kommt Malin an Regalen voller Fotokameras vorbei. An den Wänden hängen Bilder. Porträts, Landschaften, Tiere und was die Leute noch so fotografieren. Leere Bilderrahmen türmen sich in Regalen. An diesem Tag ist viel los, sodass Malin kaum Zeit hat, ihren Gedanken nachzuhängen.
Abends kommt sie fix und fertig zu Hause an. Sie wirft ihre Jacke auf den Boden und die Tasche hinterher, bevor sie sich ins Bett fallen lässt und bis spät in die Nacht durchschläft. Um halb elf wacht sie auf, ihr Magen knurrt. Ihre Mutter hat eine Kleinigkeit vom Abendessen auf dem Tisch stehen gelassen. Sie schnappt sich das Essen und geht zurück in ihr Zimmer. Das Handydisplay leuchtet. Niklas wünscht ihr eine gute Nacht. Malin fühlt einen leichten Anflug von Glück, als sie seine Nachricht liest. Dieses Gefühl hatte sie schon lange nicht mehr, auch wenn es nur schwach ist. Sie macht die Musik leise an, und blättert in einem Buch, bis sie wieder einschläft und vor dem nächsten Morgen auch nicht mehr aufwacht.

Malin freut sich auf das bevorstehende Wochenende. Sie möchte den Freitagabend allein mit Niklas verbringen. Die Arbeit vergeht an diesem Tag wie im Fluge.

»Malin, dein Freund wartet draußen.«
Niklas steht frierend vor dem Laden. Sie sieht auf die Uhr. Noch sieben Minuten.
»Du kannst ruhig gehen, den Rest schaffe ich allein.«
»Sind Sie sicher?«
»Ja, klar, ich wünsche dir ein schönes Wochenende, lass den Kerl nicht zu lange frieren.«
»Danke, Herr Sebert, ich wünsche Ihnen auch ein schönes Wochenende. Tschüss, bis Montag.«
Schnell hastet sie nach draußen.
»Hey, Schatz.« Malin umarmt ihren Freund überschwänglich. »Schön, dass du mich abholst.«
»Ich dachte, wir können noch in ein Café gehen. Ich kann etwas zum Aufwärmen vertragen.«
»Oh ja, das klingt toll. Gehen wir zu Luna?«
»Wenn du möchtest.«
Das Café wirkt warm und vertraut. Malin bestellt ihren Lieblingskaffee. Der Kellner begrüßt sie freundlich.
»Weißt du, dass ich glücklich bin, wenn du bei mir bist?«
Niklas sieht sie mit seinem durchdringenden Blick an. Malin bekommt eine leichte Gänsehaut. Sie weiß nicht, was sie sagen soll. Da fällt ihr wieder das Gefühl ein, das sie diese Woche verspürt hatte und ein Lächeln huscht über ihr Gesicht.

Abends kuscheln sich die zwei vor den Fernseher. Die anderen sind weggegangen, doch Malin und Niklas wollen den Abend für sich haben. Malin hat ihren Kopf auf Niklas Schoß gelegt. Ihre Augen fallen zu. Als Malin sie wieder aufmacht, ist er weg. Sie wartet einen Moment, aber der Platz neben ihr bleibt leer. Wo kann er nur sein? Sie steht auf, um Niklas zu suchen. In den unteren Räumen ist er nicht. Langsam geht sie die Treppen hoch, hier war sie noch nie. Irgendwie erinnert sie die Szene an etwas. Sie zögert kurz und überlegt sich wieder, umzudrehen. So ein Quatsch, Niklas würde nicht … Die alten Treppenstufen knarren. Der Gang liegt im Dunkeln. Nur durch einen Türspalt fällt etwas Licht. Vorsichtig öffnet Malin die Tür. Niklas sitzt an einem großen Tisch. Als sie näher herantritt, sieht sie, was sich darauf befindet. Kleine Teile von einem Schiff, das halb fertig danebensteht, verteilen sich über den ganzen Tisch. Niklas ist gerade dabei, sie zusammenzukleben.

»Wow das ist wunderschön.«

Niklas zuckt erschrocken zusammen. »Malin, hast du mich erschreckt. Ich dachte, du schläfst noch.«

»Entschuldige, ich bin aufgewacht und du warst weg. Seit wann bastelst du an dem Teil?«

»Ich bin gerade vorhin erst hochgegangen, als du so tief geschlafen hast. Weil ich noch munter war und …«

»Nein, ich meine im Allgemeinen.«

»Ach so, ich glaub so seit drei Monaten. Mein Vater hat es mir damals geschenkt.«

Malin streicht sanft über das halb fertige Schiff. Niklas beobachtet sie. Malin setzt sich auf seinen Schoß.

»Warum hast du es mir nie gezeigt?«

»Woher sollte ich wissen, dass es dich interessiert?«

»Du hättest es ja trotzdem erwähnen können.«

Niklas lacht. »Okay, ich erzähle dir ab jetzt alles, was ich mache.«

»Na ja, alles musst du auch nicht erzählen, ich glaub', manches möchte ich gar nicht wissen.«

Zustimmend grinst Niklas. »Also, du hast es keine fünf Minuten ohne mich ausgehalten?«

»Ich wusste ja nicht, wo du bist und …«

Etwas beschämt sieht Malin weg. »Ich wollte nicht wieder allein gelassen werden.« Ihre Stimme ist leise geworden.

»Denkst du echt, ich könnte dich allein lassen?«

Sie sieht in seine Augen, die sie ungläubig ansehen. Was soll sie ihm antworten? Als sie die Treppen hochging, kam ihr wirklich der Gedanke. Niklas drückt sie an sich. Für Malin kommt diese Reaktion so plötzlich, dass sie fast das Gleichgewicht verliert und vom Stuhl fällt.

»Ich lasse dich nicht allein. Ich liebe dich Malin.« Er küsst sie. Niklas macht das Licht aus, und begleitet sie wieder nach unten. »Bist du noch müde?«

»Nein, nicht mehr so.«

»Wollen wir noch mit Cindy und Jim eine kleine Runde drehen?«

Malin denkt an die Kälte draußen. Niklas scheint wieder einmal ihre Gedanken zu lesen, denn er bietet ihr einen seiner dicken Pullis an. Sie streift sich ihn über, er riecht vertraut nach ihm. Schon als Malin die Tür öffnet, weht ihr ein kalter Wind entgegen. Den Hunden macht das wenig aus.

Der Himmel ist bewölkt und als sie am Waldrand ankommen fängt es an zu schneien. Die kleinen Flocken tanzen durch die Luft. Malin bleibt stehen, um ihnen nachzusehen. Sie liebt Schnee. Vorsichtig fängt sie eine der Flocken auf, die rasch auf ihrer nackten Haut zu schmelzen beginnt.

Niklas steht unter einer alten Eiche. Ruhig beobachtet er sie. Schneeflocken haben sich in ihrem Haar verfangen. Lächelnd albert sie mit ihrer Hündin herum. Ihm fällt auf, wie zerbrechlich sie wirkt. So klein, mit ihrer hellen Haut und ihren goldenen Haaren. Wie ein kleiner Engel, der im Schnee tanzt. Überrascht dreht sie sich um. Ihre großen Augen sehen ihn fragend an. Niklas verlässt sein Versteck und kommt auf sie zu. Er sieht sie an, ohne dass sich ein Lächeln zeigt. Noch immer ist Malins Blick fragend. Warum sieht er sie so an? Sanft streicht er ihr durch das zerzauste Haar.

»Gehen wir nach Hause, es ist kalt.«

Malin kuschelt sich an ihn. »Ja, stimmt, es ist kalt. Lass und gehen.«

25 Eine alte Geschichte

Als Malin am Samstagmorgen aufwacht, liegt wieder eine dicke Schneedecke auf der kalten Erde. Sie sieht zu Niklas, seine Augen sind noch zu. Malin zieht die Decke zurück. Eine Gänsehaut prickelt über ihren Körper. Schnell schlüpft sie in ihre Sachen und schnappt sich Niklas' warmen Pulli. Dann huscht sie in die Küche und macht sich einen Kaffee. Draußen ist es dunkel. Der Himmel hat sich noch nicht aufgeklart und ein leichtes Schneegestöber verhindert eine weite Sicht. Es ist ruhig im Haus.

Seine Eltern sind wieder einmal für einige Tage verreist. Malin denkt daran, wie einsam er manchmal gewesen sein muss. Die Eltern ständig unterwegs und keiner da, außer Jim. Wie es wohl ist, so oft diese Stille ertragen zu müssen? Aber nun ist sie da und mit ihr meistens Cindy. Wenn Cindy bei Jim ist, wird aus dem verschlafenen Riesen manchmal wieder ein kleiner Welpe, der wild herumtobt. Nur eben in Übergröße. Malin geht ins Wohnzimmer, schlägt ihr Buch auf und beginnt zu lesen. Irgendwann spürt sie, wie ihr jemand sanft aufs Haar küsst. Sie dreht sich um.

»Guten Morgen, du Schlafmütze.«

Niklas sieht sie mit müden Augen an. »Hm, muss ja nicht jeder so irre sein wie du, und bei diesem Wetter in aller Frühe aufstehen.«

»Aller Frühe ja? Es ist schon elf Uhr.«

»Na, dann mach ich mal Frühstück. Möchtest du einen Kaffee?«

»Ja, gerne. Ein zweiter schadet auch nicht«, sie lacht

Wenig später ist der Tisch in der Küche gedeckt. Malin greift sich ein frisch aufgebackenes Brötchen.

»Was machen wir heute?« Niklas ist gerade dabei, sein Brötchen zu belegen und hält einen Moment inne, um zu überlegen.

»Wenn du möchtest, kannst du Alina und Evelyn fragen, ob sie abends vorbeikommen wollen. Meine Eltern sind noch eine Weile weg. Die können sich also nicht beklagen.«

»Au ja, kann Sarah dann auch noch kommen?«

»Oh je, dann bin ich von Mädchen belagert. Ob das gut geht?«

»Tu bloß nicht so, als würde dich das stören. Außerdem kann sie Ben mitbringen. Ich ruf sie mal an.«

Noch bevor Niklas ihr antworten kann, ist Malin aufgesprungen und hat Sarahs Nummer gewählt. Freudig strahlend kommt sie kurz darauf in die Küche zurück.

»Sie kommt heute Abend dann mit Ben. Alina und Eve ruf ich später an oder ich schreibe ihnen am besten gleich eine SMS.«

Um neun Uhr abends erscheinen Evelyn, Sarah und Ben. Nachdem

Malin sie begrüßt hat, sieht sie sich suchend nach Alina um, was Sarah bemerkt.

»Alina kommt auch gleich«, beruhig sie Malin.

»Oh, okay, wollt ihr was zum Trinken?«

»Hol einfach was aus der Küche, wir bedienen uns dann schon, wenn wir was wollen.«

Sie stellt gerade die Gläser auf den Tisch, als es klingelt. Schnell hastet sie zur Tür.

»Hey, Alina.« Malin stürmt auf sie zu, hält dann aber inne. Alina ist nicht allein. Neugierig betrachtet Malin den Fremden. Er ist kaum größer als Alina, hat haselnussbraunes verwuscheltes Haar, seine Hose sitzt für ihren Geschmack viel zu weit unten und das Hemd hat er wohl aus Versehen ein paar Größen zu groß gekauft. Das könnte Malin glatt als Kleid anziehen.

»Hi, Malin, das ist Joe, mein Freund.« Alina sieht Malin wie ein kleines Mädchen an, das gerade etwas verbrochen hat.

»Aha, na dann, willkommen, Joe. Die anderen sind schon da.«

Bevor alle gehen, kommt Sarah noch einmal auf Malin zu. »Ich soll dir noch etwas sagen.«

Jetzt ist sie mal gespannt.

»Jess hatte mich angerufen und ich soll dir von ihr ausrichten, dass sie und Sam ein Baby erwarten.« Sarah strahlt übers ganze Gesicht. »Stell dir vor, ich werde bald Tante, ist das nicht toll?«

Malin fühlt sich gerade überrannt. Es dauert einen Moment, bis sie einen klaren Gedanken fassen kann. »Wow, das ist wirklich toll und wann soll es kommen? Wird es ein Mädchen oder Junge und wie soll es heißen?«

Sarah lacht. »Also, so weit ist es noch lange nicht, dass sie sich um die letzten zwei Fragen Gedanken machen müssten. Es soll Ende September kommen. Jessi weiß erst seit ein paar Tagen, dass sie schwanger ist. Sie war ganz aus dem Häuschen. Und Sam soll vor Freude fast an die Decke gegangen sein. Ich glaube, er wird ein toller Vater.«

»Da könntest du recht haben. Auf jeden Fall ist das eine schöne Nachricht.«

»So und wann kommt euer Kind?« Sarah sieht Malin neckisch an.
»Unser Kind, welches Kind?«
»Na, das von dir und Niklas.«
»Haha, ich glaub das hat noch Zeit. Zuerst seid ihr beide wohl dran.«
»Ja, und dann am besten gleich Zwillinge oder Drillinge.«
»Oh, mein Gott, na dann viel Spaß.« Die zwei lachen lauthals los.

Ein warmer Maiwind weht Malins Kleid hoch. Verzweifelt versucht sie es im Zaum zu halten. Ihr zuvor kunstvoll nach oben gestecktes Haar ist zerzaust. Als sie sich im Spiegel erblickt, seufzt sie laut. Mit einem Kamm bringt sie ihre Frisur so gut es geht wieder in Ordnung, bevor sie das Restaurant betritt. Suchend sieht sie sich um. Niklas sitzt an einem kleinen Tisch, der für zwei Leute gedeckt ist. Nervös rutscht er auf seinem Stuhl hin und her.
»Hey, Schatz, da bist du ja. Ich war schon ganz unruhig.«
»Hab ich bemerkt«, meint Malin mit einem Lächeln: »Entschuldige ich musste länger arbeiten. Heute war die Hölle los.«
»Hauptsache du bist jetzt da.«
Nach dem Essen bleiben sie noch eine Weile sitzen. Sie nippt an ihrem Wein und schaut in den Schein der Kerze. Ob es einen Grund hat, dass Niklas sich für diesen Abend so viel Mühe gegeben hat? Die ganze Zeit über sieht er sie schon so an. Was er ihr wohl mit seinem Blick sagen will?
Nachdem Niklas bezahlt hat, machen sie sich auf den Weg zu seinem Haus und kommen dabei an der Stelle vorbei, wo Malin im Winter die Schneeflocke aufgefangen hat. Die große Eiche trägt inzwischen frische Blätter und auf den Wiesen blühen Blumen. Niklas schnappt Malins Hand und hält sie fest umklammert. Aus seiner Jackentasche holt er eine kleine Schachtel. Malins Herz beginnt wild zu pochen. Langsam öffnet er die Verpackung, etwas Silbernes kommt zum Vorschein. Niklas holt die Kette heraus und legt sie Malin um den Hals. Sie nimmt den kleinen Anhänger in die Hand. Es ist ein Engel. Seine Flügel sind ausgestreckt als wollte er gleich davonfliegen.
»Das ist für dich, anlässlich unseres Halbjährigen.«
Eine Träne fällt zu Boden.

»Was ist? Gefällt es dir nicht?«

»Oh, doch es gefällt mir, sehr sogar. Ich liebe Engel. Meine Mutter erzählte mir einmal eine Geschichte über zwei Engel. Ich habe sie nie vergessen. Danke Schatz.« Sie küsst ihn.

»Was ist das für eine Geschichte, die du nicht vergessen kannst?«

»Willst du sie wirklich hören?«

»Natürlich, sonst würde ich nicht fragen.« Sie lassen sich ins weiche Gras fallen und Malin beginnt, zu erzählen.

»Mitten im Wald liegt ein kleines verlassenes Schloss. Einst gehörte es einer reichen Kaufmannsfamilie. So viel Erfolg sie auch in ihren Geschäften hatten, was ihre Familie anging, blieb das Glück fern. Die Frau wünschte sich aufs Sehnlichste ein Kind. Aber ihr Wunsch blieb ihr verwehrt. Eines Tages stand ein Korb vor ihrer Tür, mit einem kleinen Mädchen darinnen. Obwohl es nicht ihr Kind war, nahm die Frau es herzlich bei sich auf und zog es groß als wäre es ihr eigenes.

Das kleine Mädchen wuchs heran und füllte das Schloss mit Leben. Es war ein echter Sonnenschein, von jedem geliebt und geachtet. Und es trug ein Geheimnis mit sich. Manchmal erschien es der Mutter so, als würde sie im Sonnenlicht Flügel sehen, die aus ihrem Rücken ragten. Aber natürlich erzählte sie niemanden von ihren Beobachtungen. So verging die Zeit.

Während das kleine Mädchen zu einer jungen hübschen Frau heranwuchs, wurden die Eltern älter, bis sie schließlich starben. Das Mädchen blieb allein zurück. Verzweifelt zog es Nacht für Nacht einsam durch das Haus und sah zu den Sternen auf. Manchmal war ihr, als wäre noch jemand in dem alten Gebäude. Und eines Nachts stand ein Engel vor dem Mädchen.

Sie war so erschrocken über diese Erscheinung, dass sie kein Wort hervorbrachte. Aber der Engel redete mit sanfter Stimme und meinte, dass er sie nach Hause bringen will. Die Frau konnte nicht verstehen, was er meinte. Er erklärte ihr, dass ihre Eltern sie damals nicht behalten konnten und es zu der Frau brachten, die es an ihrer statt aufzog. Als das Mädchen dem Engel noch immer nicht glauben wollte, bat er es, vor einen Spiegel zu treten. Sie tat, was er ihm sagte und als sie in den Spiegel blickte, sah es im Schein des Mondes seine eigenen Flügel. Vor sich selbst erschrocken wich sie zurück. Der Engel beruhigte sie und meinte, dass es keinen Grund gäbe, Angst zu haben. Er reichte ihr die Hand, und als sie die ihre in sie legte, erschien ein helles Licht. Kurz darauf war der Platz, auf dem die zwei Gestalten gestanden hatten, leer.«

»Irgendwie ist das eine traurige Geschichte«, meinte Niklas, der ruhig zugehört hat.

»Sie ist noch nicht zu Ende«, sagt Malin.

»Jahrelang lag das Schloss leer. Die Leute in der Stadt hatten es vergessen, bis sich ein junger Mann dorthin verirrte. Er war mit seinem Pferd im Wald ausgeritten und suchte einen Rastplatz. Das alte Schloss bot ihm und seinen Tier Schutz vor dem heranziehenden Unwetter. Die Wände waren inzwischen teilweise zerfallen und Pflanzen hatten das Gemäuer eingenommen.

Ruhig wartete er ab, bis sich die Wolken verzogen und die Sonne wieder zum Vorschein kam. Das Licht fiel durch die Bleiglasfenster und verlieh dem Ort etwas Magisches. Neugierig machte er sich daran, das Schloss zu erkunden. In einem kleinen Raum fand er eine Bibliothek. Die Bücher waren mit Staub bedeckt und das Papier vergilbt.

Vorsichtig nahm er ein Buch und begann zu lesen. Was er nicht wusste, war, dass ihn jemand beobachtete. Eine junge Frau hatte sich hinter den Regalen versteckt und sah ihm zu. Traurig blickte sie ihm hinterher, als er ging. Aber er sollte wieder kommen, Woche für Woche, Monat für Monat und in den alten Büchern lesen.

Jedes Mal war die Frau da, um ihn zuzusehen und nie bemerkte er sie und ihre Flügel. An einem Tag war sie nicht allein. Ein weiterer Engel kam dazu. Er bemerkte, wie sie den Menschen ansah, und warnte sie davor, sich in ihn zu verlieben, denn ihm war bekannt, was mit Engeln passierte, die sich in einen Menschen verliebten. Aber sie wusste es nicht, und als sie ihn fragen wollte, war er schon verschwunden. Was sollte schon mit ihr passieren, wenn sie sich verliebte? Es war doch nichts Schlimmes dabei, sich zu verlieben, oder? Und wenn doch, dann war es wahrscheinlich schon zu spät.

Als der Mann an diesem Abend ging, blieb sie wieder zurück in ihrem alten Zuhause. Ein ganzer Monat verging und er kam nicht wieder. So langsam zweifelte sie, ob er jemals wieder kommen würde. Jeden Tag wartete sie. Tränen liefen über ihre Wangen. Schluchzend sank sie auf die Knie und vergrub ihr Gesicht in ihrem Schoß. Da erschien der Engel, der sie damals aus diesem Haus holte. Er wischte ihr die Tränen aus dem Gesicht und meinte zu ihr, dass Engel nicht weinen. Aber die junge Frau weinte weiter, der Schmerz über ihre verlorene Liebe war zu groß. Als sie aufsah, war der Engel verschwunden. Jetzt ließ er sie auch noch allein mit ihrem Schmerz. In Wahrheit sorgte der Engel dafür, dass sie ihre Liebe wieder sah, aber das sollte sie nie erfahren.

Die ersten Sonnenstrahlen brachten einen Besucher mit sich. Es war der junge Mann. Erschrocken wollte sie sich verstecken, aber es war zu spät. Er erblickte sie sofort. Überrascht blieb er einen Moment stehen. Hatte er gerade Flügel auf ihrem Rücken gesehen? Er sah die Tränen, die ihre Augen glänzen ließen, und konnte nicht anders, als sie in den Arm zu nehmen. In dem Augenblick, wo er sie berührte, verlor der Engel seine Flügel und wurde zu einem Menschen. Das war der Preis für ihre Liebe.

Sie blieb bei ihm. Einige Jahre später heirateten sie und bekamen Kinder. Und manchmal konnte man denken, dass sie kleine Flügel auf ihren Rücken trugen.«

Malin hat ihre Geschichte beendet.

»Weißt du wie der Engel hieß?«

»Nein.«

»Malin, meine Mutter hat mich nach ihm benannt.« Malin lächelt. »Es ist ihre Lieblingsgeschichte, ihre Mutter erzählte sie ihr, als sie ein Kind war.«

Niklas ist ruhig, er hält Malins Hand noch immer fest in seiner.

26 Erpressung

Malin ist leicht schwindlig. Der letzte Drink war wohl zu viel. Sie geht an die frische Luft, hier ist wenigstens der Geruch von dem verschütteten Alkohol nicht so stark.

Draußen entdeckt sie noch jemanden. Evelyn hat wie es scheint noch ein paar Gläser mehr getrunken als sie. Sie sitzt schwankend auf einem großen Stein. Malin geht zu ihr.

»Hey, ist alles okay mit dir?« Eve antwortet nicht. Sie zittert. Malin gibt ihr ihre Weste und setzt sich zu ihr. Sie macht sich Sorgen, normalerweise ist es nicht Evelyns Art, zu viel zu trinken.

»Willst du nicht sagen, was los ist?« Sie schweigt.

»Ich hole dir etwas Wasser, vielleicht geht es dir dann besser.« Malin steht auf, aber Eve hält sie fest. Überrascht bleibt sie stehen und setzt sich dann wieder zu ihr. Noch immer schweigt sie. Endlich beginnt sie zu reden: »Tut mir leid, ich wollte nicht zu viel trinken.« Sie sieht beschämt zu Boden.

»Ist schon in Ordnung. So was passiert jedem Mal. Sieh dir nur Justin an.« In Malins Augen blitzt Wut. Und da ist noch was anderes.

Evelyn bemerkt es. »Er ist manchmal wirklich ein Idiot, aber du hängst immer noch an ihm, hab ich recht?«

Erschrocken sieht Malin Eve an. »Wie kommst du darauf?«

Sie lächelt. »Du bist seltsam, wenn er in deiner Nähe ist. Es ist nicht so, dass du dann weniger fröhlich bist, doch dein Lächeln ist nicht echt. Und manchmal da schweigst du einfach und deine Augen sind traurig.«

Malin fühlt sich ertappt. Evelyn beobachtet sie. »Keine Angst, ich denke die anderen wissen es nicht.« Wieder schweigt sie. Malin ist verwirrt. Sie weiß nicht, was sie sagen soll. Warum hat gerade Eve sie durchschaut? Warum kann gerade sie so tief in ihre Seele blicken? Eigentlich dachte sie immer, sie sei ihr ziemlich egal. Evelyn war schon immer die Ruhigste von ihnen. Ihr sanftes Wesen ist auf eine Art faszinierend. Ihr kurzes schwarzes Haar und ihre schlanke Figur verleiht ihr ein elfenhaftes Aussehen. Die dunklen intelligenten Augen beobachten ihre Umgebung stets wachsam. Erst jetzt fällt Malin auf, wie hübsch sie ist.

»Soll ich dir nicht doch etwas zum Trinken holen?«

»Nein, bleib da. Ich kann nicht verstehen, wie er dir noch immer so wichtig sein kann. Er war nicht gerade nett zu dir.«

»Ja, du hast recht, das war er nicht. Manchmal verstehe ich es selbst nicht. Verstehe mich nicht …«

»Menschen sind einfach dumm.«

Malin sieht Eve ungläubig an und muss dann lachen. »Genau daran wird es liegen.«

Auch Eve lacht wird dann aber wieder ernst: »Warum hast du es ihm nie gesagt?«

»Weil ich nicht will, dass er es weiß. Ich will nicht, dass alles wie früher wird, denn das kann es nicht. Und ich will nicht, dass er mich noch einmal so tief berühren kann.«

Evelyn nickt: »Das kann ich verstehen. Aber dann musst du aufhören, etwas für ihn zu empfinden. Hast du den Jungen in dem blauen T-Shirt gesehen?«

»Den mit dem Tattoo auf den Oberarm?«

»Ja, genau den. Der war einmal in meiner Klasse. Und jetzt droht er mir, ein Geheimnis preiszugeben, wenn ich nicht …«

»Wenn du nicht was?«

»Ihm einen Gefallen tue.«

»Was soll das für ein Gefallen sein?« Malin bekommt keine Antwort. Ihr wird die Sache langsam unheimlich. »Was willst du jetzt machen?«

»Ich weiß es nicht. Mache ich es nicht, erfahren alle …« Sie bricht mitten im Satz ab.

»Ist es denn so schlimm? Was ist, wenn du ihn einfach reden lässt? Oder du drohst ihm damit, etwas über ihn zu sagen, was keiner wissen sollte, sofern du was weißt, natürlich.«

Malin ist leiser geworden. So langsam gehen ihr die Ideen aus, außerdem weiß sie nicht einmal, worum es geht, was die Sache erschwert. »Ich würde sagen, wir gehen da jetzt einfach wieder rein. Wenn du dich hier versteckst, denkt er gleich, dass er gewonnen hat und das soll der sich mal bitte abschminken!« Malins Augen funkeln böse. Sie reicht Evelyn die Hand und hilft ihr beim Aufstehen. Zusammen betreten sie den dunklen Raum, in dem einige Diskolichter die Gesichter der Leute erhellen. Nach einer Weile haben sie den Jungen gefunden. Er steht an der Bar und lehnt sich lässig gegen die Wand, während er mit zwei ziemlich angetrunkenen Mädchen quatscht. Malin findet ihn widerlich. Was hatte Evelyn nur damals mit ihm zu tun?

Die beiden tanzen mit einigen Freunden. Malin bemerkt, dass der Kerl immer wieder zu ihnen hersieht. Nach zwei Uhr verlassen sie die Party. Ihre Wege trennen sich. Niklas ist aufgefallen, dass Malin ungewöhnlich ruhig ist.

»War was? Du und Eve waren eine ganze Weile verschwunden.«

»Oh, ich wünschte, ich wüsste selbst, was da genau los war.«

Mitten in der Nacht wacht Malin auf. Ihr ist, als wenn es an der Tür geklingelt hat. Aber wer sollte um diese Uhrzeit vor ihrer Tür stehen? Cindy liegt neben ihr und hat den Kopf angehoben. Sie steht auf und verlässt das Zimmer. Malin hört den Regen, der gegen das Fenster trommelt, und steht auf, um Cindy zu folgen. Verschlafen sucht sie in der Dunkelheit nach dem Lichtschalter. Das helle Licht blendet sie zuerst. Es dauert ein bisschen, bis sie ihre Hündin sieht. Cindy hat sich vor die Tür gesetzt und sieht Malin an. Vorsichtig schleicht Malin zur Tür. Ihr ist das Ganze nicht so geheuer. Niklas kann es nicht sein, sonst würde sie mit dem Schwanz wedeln.

Malin sieht durch den Spion. Tatsächlich, eine dunkle Gestalt steht dort. Wer es ist, kann sie nicht erkennen, die Person hat die Kapuze weit ins Gesicht gezogen. Malin nimmt ihren Mut zusammen und öffnet die Tür. Dunkle Augen sehen sie an.

»Evelyn, was machst du hier? Komm rein.«

Eves Jacke ist durchnässt. Selbst das Haar, das unter der Kapuze Schutz finden sollte, ist teilweise nass.

»Ich hole dir erst mal ein paar Sachen von mir, sonst wirst du noch krank.«

Evelyn zieht die Sachen an und trocknet mit einem Handtuch die nassen Haare ab. Sie sieht traurig aus. »Entschuldige, dass ich hier so spät aufkreuze, aber ich brauchte jemanden zum Reden.«

»Kein Problem, ich bin ja da. Ich mach mir kurz einen Kaffee, möchtest du auch einen?«

»Nein, danke, aber ein Tee oder sonst irgendetwas Warmes wäre schön. Mir ist ein bisschen kalt.« Ein leichtes Lächeln huscht über ihr Gesicht.

Malin erwidert es. »Da, auf der Couch liegt eine Decke.«

Als sie mit den zwei Tassen aus der Küche zurückkommt, hat sich Eve in die Decke eingekuschelt. Nur ihr Kopf ist noch zu sehen.

»Und warum bist du bei diesem scheußlichen Wetter zu mir gekommen?«

Evelyn seufzt. »Er hat mich angerufen. Nicht nur einmal. Ich soll mich entscheiden, oder er wird es allen sagen.«

»Willst du mir nicht erzählen, was los ist? Ich kann verstehen, dass es schwer ist, nur weiß ich nicht, wie ich dir helfen soll, wenn ich nicht genau weiß, worum es geht.«

Evelyn sieht zu Boden, bevor sie zu erzählen anfängt. »Wir waren zusammen in der Realschule. Er war in meiner Abschlussklasse und ich in ihn verliebt.« Sie macht eine Pause und ihr Blick ist auf Malin gerichtet. »Tja, er war damals schon ein Frauenschwarm und nebenbei ein absoluter Volltrottel. Aber ich war zu verliebt, um das zu erkennen.

Ich bemühte mich um ihn. Am Anfang ignorierte er mich noch. Irgendwann waren wir dann zusammen, aber nur inoffiziell. Ich dachte, dass sich das irgendwann ändern würde oder besser gesagt, ich hoffte es. Wir gingen gemeinsam auf Partys und ich wage zu behaupten, dass in der Nacht, wo es passierte, nicht nur Alkohol im Spiel war.

Ich war gut drauf, viel zu gut und um einiges übermütig. Wir gingen auf Toilette und … du kannst es dir ja denken.« Evelyn wird rot. »Dummerweise hat uns jemand erwischt. Ihm war es so ziemlich egal, aber ich fand es nicht so lustig. Es kam nie an die Öffentlichkeit, da es sich um einen Freund von ihm handelte. Ich belauschte sie, als er die Sache regelte, und bekam einiges mit, was ich nicht hätte hören sollen. Unter anderem, dass der Junge, der uns erwischt hatte, seine Drogen von ihm bezog.

Da ich wusste, dass es für mich gefährlich werden könnte, wenn sie mitbekamen, dass ich sie belauscht hatte, wollte ich mich schnell verstecken. Doch ich stieß ungeschickt an den Mülleimer, der mit einem lauten Krachen umfiel. Da war es vorbei. Mein damaliger Freund drohte mir, der Schulleitung zu sagen ich hätte die Drogen verkauft. Und da niemand von den Beteiligten scharf darauf war, Ärger zu bekommen, hätten natürlich alle hinter ihm gestanden. Mir blieb nichts anderes übrig, als zu schweigen.«

»Also hat er dich schon damals erpresst! Aber das ist nicht gerecht, du hast doch gar nichts gemacht, außer dich in diesen Deppen verliebt. Ich meine, das kann man wohl kaum als Verbrechen ansehen.

Lass ihn doch erzählen, deine Freunde würden ihm eh niemals glauben!«, sagt Malin aufgebracht.

»So einfach ist das nicht, woher sollen sie wissen, was sie glauben können?«

»Ich wage mal zu behaupten, dass sie dich besser kennen, als dass sie auf so einen Blödsinn hören würden. Ich glaube dir auf jeden Fall. Du darfst dich nicht länger von ihm erpressen lassen.« Inzwischen ist Malin aufgestanden.

»Wenn mir jeder glauben würde, wäre das schön, aber ich bezweifle es.«

»Wenn dir jemand nicht glaubt, dann ist er selber schuld. Du willst doch nicht dein ganzen Leben Angst vor diesem Kerl haben müssen oder?«

»Nein, natürlich nicht!«

»Na dann ist es wohl klar, was du machen musst. Geh auf seine Forderungen nicht ein, was auch immer er fordern mag.« Malin sieht sie fragend an. Eve findet, sie hat genug für heute gesagt und schweigt.

Malin würde gern erfahren, was dieser Kerl von ihr will, aber sie sieht ein, dass es sinnlos ist, weiter nachzuhaken. Damit würde sie Eve nur bedrängen. Vielleicht erzählt sie es ihr ja später einmal von sich aus. Auf jeden Fall kann es nichts Gutes sein. Malin sieht auf die Uhr, es ist schon nach drei.

»Möchtest du heute Nacht bei mir bleiben oder soll ich dich nach Hause fahren?«

»Ich kann auch allein zurückgehen.«

»Nee, bei dem Wetter lasse ich dich bestimmt nicht raus, falls du es noch nicht bemerkt hast, es regnet noch immer.«

Eve sieht aus dem Fester. Im schwachen Licht der Straßenlaterne sieht sie dicke Regentropfen auf den nassen Boden fallen.
»Stimmt. Dann bleibe ich hier, wenn es dir nichts ausmacht.«
»Okay, möchtest du kurz zu Hause anrufen, damit deine Eltern wissen, wo du bist und sich keine Sorgen machen?«
»Nicht nötig.«
Malin stutzt. Wenn sie in einer Nacht einfach so verschwinden würde, würde ihre Mutter wahrscheinlich einen Anfall bekommen. Also wie kann es Evelyns Eltern einfach egal sein? Und dann noch bei so einem Wetter.
»Wissen sie, wo du bist?«
»Nein, sie haben schon geschlafen, als ich gegangen bin.«
»Und du bist sicher, dass du nicht schnell anrufen willst?«
»Ja, es ist besser so, glaub mir.«
Malin versteht nun gar nichts mehr. Was will Eve damit sagen?

Der Regen trommelt unaufhörlich an das Dachfenster. Malin ist noch wach. Ob Eve schon schläft? Ihr Atem geht ruhig neben ihr. Es ist seltsam, dass sie so oft zusammen waren, geredet haben und sich doch nie wirklich emotional berührten. Hatte Malin jemals zuvor mit ihr darüber gesprochen, wie sie sich fühlte, was ihr Sorgen machte und was sie tief in sich drinnen empfand? Sie kann sich nicht dran erinnern. Und nun liegt sie neben ihr. Verletzlich, sanft und auf der anderen Seite auch stark und mutig.

Sicherlich ist es nicht einfach, mit so einem Geheimnis leben zu müssen und der Angst, dass eines Tages alles ans Licht kommt. Lange hat sie allein gekämpft, ohne sich auf die Hilfe anderer zu verlassen. Malin findet das bewundernswert. Gegen Morgen fällt auch sie in einen ruhigen Schlaf.

Jemand stupst sie an. Langsam öffnet Malin die Augen. Das Sonnenlicht blendet sie.
»Morgen, es ist Zeit für dich aufzustehen. Deine Mutter hat uns schon Frühstück gemacht.« Eve sitzt an ihrer Bettkante. Verschlafen richtet Malin sich auf. »Wie spät ist es?«

»Zehn Uhr. Du musst heute um halb zwölf bei der Arbeit sein. Also raus aus den Federn.«

In der Küche riecht es nach frischen Waffeln und Kaffee. Evelyn ist anscheinend schon länger wach.

»Guten Morgen, deine Freundin hat mir schon tatkräftig bei den Waffeln geholfen. Nimm dir mal ein Beispiel an ihr. Ich muss dann mal los zur Arbeit. Viel Spaß euch beiden noch, bis heute Abend.«

Weg ist sie. Dabei wollte Malin ihre Mutter noch was fragen. Nun muss sie bis zum Abend warten.

»Sag mal, solltest du nicht auch arbeiten oder so?«

Malin sieht Eve fragend an. »Hm, eigentlich schon, aber ich habe vorher meine Eltern angerufen, dass ich später komme. Wir haben einen kleinen Laden in der Innenstadt und ich helfe da aus.«

»Aha, praktisch.« Malin schiebt sich eine Waffel in den Mund. Vanille, ihre Lieblingssorte. Gegen Mittag geht Evelyn und Malin muss zur Arbeit.

Abends kommt Niklas zu ihr. Zusammen sitzen sie in Malins Zimmer auf dem Bett. Malin hat sich an ihn angelehnt und überlegt, ob sie etwas zu dem nächtlichen Ereignis sagen soll. »Duuuu Schatz, was weißt du über Eve?«

»Über Evelyn? Wie kommst du jetzt drauf?«

Sie zuckt mit den Schultern.

»Ich weiß, dass ihrer Familie seit Jahren ein Laden gehört, der Antiquitäten verkauft. Ihr Großvater war ein angesehener Politiker und durch ihn erlangte die Familie ihren guten Namen und ein nicht zu verachtendes Vermögen. Wie viel inzwischen davon noch da ist, keine Ahnung.«

Malin hätte nie gedacht, dass Eve aus gutem Hause stammt. Andererseits, was wusste sie schon groß von ihr? »Und sonst?«

»Nicht viel, sie gehört ja nicht gerade zu den gesprächigsten Mädchen, also im Gegensatz zu dir ...«

»Hey!« Malin schmeißt ein Kissen nach ihm. Niklas wirft es zurück. Als Malins Mutter ins Zimmer kommt, hält Niklas Malin fest, um das Spiel für sich zu entscheiden. Malin sieht in herausfordernd an und versucht sich zu befreien.

»Stör ich?«

Erschrocken lässt Niklas seine Freundin los und richtet sich auf. »Ähm nein, wir haben nur ...«

»Schon gut ich bin gleich wieder weg. Wollte nur sagen, dass ich ausgehe.« Malins Mutter lächelt den beiden zu und verschwindet dann.

»Das heißt ja, dass wir nun ungestört sind.« Grinsend macht sich Niklas daran, Malins Shirt hochzuziehen.

»Hey, lass das!«

Mit seinem Hundeblick sieht er sie an. »Was soll das nun heißen? Da ist deine Mutter schon mal weg und du ...«

»Sie ist fast jede Woche mal weg.«

»Na und? Ich will aber jetzt! Und der da unten will auch.«

Der Kerl hat Probleme. Eigentlich wollte sie ihn doch fragen wie sie Eve helfen können und nicht das Bett zum Knarren bringen. Andererseits hat das auch noch ein bisschen Zeit. Eve können sie auch noch morgen helfen.

27 Mut, Evelyn!

Der Mai neigt sich dem Ende zu. Das Wetter hat sich gebessert und Malin schlendert durch die Altstadt. Ab und zu nimmt sie etwas aus einer Geschäftsauslage in die Hand, betrachtet es kritisch, bevor sie es wieder ins Regal zurücklegt. Was soll sie ihm nur schenken? Malin hat keine Zeit mehr, bis morgen muss sie das Geschenk haben. Es wäre etwas schlecht, wenn sie ohne Geschenk vor Niklas dasteht.

Aber von dem ganzen Kram hier braucht er sicherlich nichts. Malin biegt in eine Gasse ein. Unerwartet entdeckt sie einen Laden. Das Schaufenster ist mit Schiffen, Möwen, Leuchttürmen und Muscheln dekoriert. Eigentlich gibt es solche Läden doch nur in Städten, die in unmittelbarer Nähe des Meeres liegen, aber das Meer ist von hier einige Stunden entfernt. Ein kleines Glöckchen erklingt, als Malin eintritt. Ein älterer Herr begrüßt sie freundlich. »Kann ich Ihnen helfen?«

»Nein, danke, ich sehe mich erst mal um.« Die Möwen sind toll, findet sie. In einer Ecke steht ein Modellschiff, so eines wie Niklas zusammengebaut hat, nur noch größer und ein anderer Typ. Trotzdem hübsch. Das wäre ein schönes Geschenk. Malin sucht nach dem Preis. Dreihundertfünfzig Euro. Oh je, das übersteigt ihr Ausbildungsgehalt. Auf dem Deck des Minischiffes stehen kleine Figuren. Wie eine richtige Schiffsbesatzung.

»Entschuldigen Sie, wie teuer sind die Figuren hier?«

»Die da, meinen Sie? Acht Euro pro Stück, der Kapitän kostet zehn.«

Wenig später kommt Malin aus dem Laden. Glücklich über ihren Erfolg gönnt sie sich einen Kaffee bei Luna. Jetzt muss nur noch morgen alles gut gehen.

»Zehn, neun, acht …«

»Hättest du nicht erst bei drei zu zählen anfangen können?« Niklas sieht Malin nervös an.

»Fünf, vier, drei, zwei, eins. Happy Birthday, mein Schatz!« Malin schmeißt sich Niklas um den Hals und drückt ihm einen dicken Kuss auf den Mund.

»Wenn du mich nicht bald loslässt, war es das mit den Geburtstagsfeiern. Dann erlebe ich mein nächstes Lebensjahr nicht mehr und dabei wollte ich dich doch noch …«

Das Handy klingelt. Niklas winkt ab: »Ist eh nur eine SMS, in der mir gratuliert wird. Die kann ich auch noch später lesen.«

»Jetzt bist du schon zwanzig!«

»Ja, ich weiß, ich werde alt.« Niklas grinst.

»So war das doch nicht gemeint, ich wollte damit nur sagen …«

Niklas Lippen hindern sie am Weiterreden. »Du bist süß, wenn du dich rechtfertigst.«

Malin läuft rot an. »Ach was, stimmt gar nicht.«

»Oh, doch, und wenn du rot wirst, sobald dir jemand Komplimente macht, bist du noch niedlicher.« Malin merkt, wie sie glüht. Wie peinlich. Sie macht eine Sektflasche auf und gießt ein.

»Auf dich und deinen zwanzigsten Geburtstag. Dass du ja schön alt wirst.«

Beim Anstoßen schwappt Sekt über und tropft ins Bett. »Ups, ich hoffe, das ist bis nachher trocken. Dein Geschenk!« Malin springt auf und holt aus ihrer Tasche ein kleines Päckchen.

»Hier, für dich. Ich hoffe, es gefällt dir.«

Niklas reißt das Geschenk ungeduldig auf. Das Päckchen ist mit kleinen Papierschnipseln gefüllt. Obenauf liegt ein Brief.

Als Niklas ihn lesen will, hält Malin ihn zurück. »Den kannst du auch noch später lesen.« Endlich kommen die kleinen Figuren zum Vorschein.

»Für dein Schiff, ich fand sie ganz süß. Die dürften etwas Leben in das Schiff bringen, oder?«

Während Malin auf eine Antwort wartet, bangt sie, ob es ihm gefällt. Hoffentlich hat sie das Richtige gekauft. Niklas sitzt ruhig da und betrachtet die Figuren. Kann er nicht endlich was sagen?

»Die sind toll. Danke, mein Engel.« Malin fragt sich noch immer, ob sie ihm wirklich gefallen. Sie beobachtet Niklas. Er hält die kleinen Männer vorsichtig in seiner Hand. Malin überkommt ein seltsames Gefühl. Wie vorsichtig diese großen Hände die Figuren umschließen. Wie sanft seine Augen sie ansehen. Ihr ist kalt und warm zugleich. Noch nie hat sie sich so sehr von ihm angezogen gefüllt. Erschrocken über ihre eigenen Gefühle zuckt sie zurück, als Niklas ihr zum Dank einen Kuss geben will.

»Was ist?« Warum ist sie plötzlich so verwirrt? Sie atmet tief durch. »Nichts, gar nichts. Schön, dass es dir gefällt.«

Er platziert die Mannschaft an Deck seines Schiffes.

»Ich bin müde, von mir aus können wir jetzt schlafen gehen. Das Handy gibt auch so langsam Ruhe.«

Malin nickt, sie ist erschöpft und am Abend muss sie fit sein.

»Malin, Maaaaliiiin.« Sie hört nicht. Die Musik ist zu laut. Niklas dreht das Radio leiser. Sie dreht sich um. »Oh, entschuldige, hast du was gesagt?«

»Nein, nichts Wichtiges. Ich wollte nur wissen, wie lange du noch brauchst.«

»Einen Moment noch, ich muss nur kurz meine Haare machen.«
Okay, *nur* ist gut gesagt. Blöder Zeitdruck. Seufzend steht sie vor dem Spiegel.
»Schatz, kommst du?«
»Ja, ja, gleich.« Dann lässt sie sie eben offen.
Malin eilt die Treppe runter, Niklas wartet schon auf sie.
»Schon da.«
»Schon? Fährst du oder soll ich?« Niklas wedelt mit dem Schlüssel in der Hand.
»Ich kann fahren. Zurück auch. Darf ich halt nichts trinken.« Eigentlich würde sie schon gerne etwas trinken. Aber sie möchte es Niklas nicht zumuten, am eigenen Geburtstag nichts trinken zu dürfen.
»Bist du sicher? Ich kann auch meine Eltern anrufen, ob sie uns abholen.«
»Oh ja, das wäre super! Denkst du, die machen das?«
»Ich frag sie mal kurz, du kannst ja inzwischen schon zum Wagen gehen.«
Es ist ganz schön warm draußen für Mai. Im Vorgarten blühen weiße Blumen. Malin pflückt eine von ihnen und steckt sie sich ins Haar. Niklas kommt auf sie zu.
»Geht klar, meine Eltern holen uns ab.« Malin strahlt. Jetzt muss sie sich wenigstens nicht den ganzen Abend zusammenreißen.
Nach kurzer Fahrt erreichen sie eine kleine Hütte, die am Waldrand liegt. Malin macht sich daran, die Bierkästen aus dem Auto zu holen.
»Halt, Schatz, das ist viel zu schwer für dich. Gib her.«
»Ach, was, so schwer sind die doch gar nicht!«
»Keine Widerrede, her damit!« Beleidigt übergibt sie Niklas den Kasten.
»Und was soll ich dann machen? Blöd rumstehen?«
»Im Auto sind noch genug einzelne Flaschen, die müssen auch irgendwie reinkommen.«
Wenn es denn sein muss, nimmt sie eben die.
Ein weiteres Auto kommt vorgefahren.
»Alinaaaa. Schön dich zu sehen.« Malin umarmt ihre Freundin.
»Wir dachten wir kommen etwas früher und helfen.«

Hinter ihr steigt Evelyn aus dem Wagen. Sie sieht Malin an und die beiden lächeln sich vielsagend zu. Die zwei Mädchen helfen, die Flaschen reinzutragen. Als Niklas sie bemerkt, winkt er ihnen fröhlich zu. »Ihr seid schon da?!«

»Ja, wie du siehst. Alles Gute noch zum Geburtstag. Das ist von uns.« Alina überreicht Niklas ein in Zeitungspapier gewickeltes Geschenk. Frech grinst sie ihn an. »Hatten nichts anderes zum Einpacken. Aber das reicht auch für dich.«

Niklas greift sich das Geschenk und zieht es Alina über den Kopf. »Na, sei froh, dass nichts Zerbrechliches drinnen ist.« Sie streckt ihm die Zunge raus. Malin ist gerade zur Tür reingekommen und hat das Geschehen beobachtet. Lachend steht sie an der Schwelle.

»Hey was gibt es da zu lachen?« Niklas sieht seine Freundin verblüffend ernst an. Seine humorlose Haltung bringt sie nur noch mehr zum Lachen. Letztendlich gibt sich Niklas geschlagen und lacht mit. Sie legt ihre Arme um ihn. Lange sehen sie sich an, die Leute um sie herum sind vergessen, für diesen einen Augenblick.

Zufällig fällt Malins Blick nach einiger Zeit auf Alina. Sie steht etwas abseits und beobachtet sie. Als Malin sie ansieht, lächelt Alina ihnen zu und dreht sich weg. Malin kommt ihre Reaktion irgendwie komisch vor. Sie geht auf sie zu, aber Alina ist schon verschwunden, bevor sie mit ihr reden kann.

Das kleine Haus ist gefüllt mit Leuten. Malin steht draußen zusammen mit Alina und Evelyn. Alina zieht an ihrer Zigarette. Der Qualm steigt in die dunkle Nacht hinauf. »Gib mir auch mal eine.«

Alina sieht Malin überrascht an. »Du rauchst doch gar nicht!«

»Jetzt schon. Gibst du mir nun eine?«

Sie holt ihre Zigarettenschachtel aus der Jackentasche und hält sie Malin hin. Diese nimmt sich eine. »Hat jemand mal Feuer?«

»Ja, klar, hier.« Malin zieht an der Zigarette. »Komisch, wenn man selber raucht, nimmt man den Rauch gar nicht so wahr.«

Evelyn schüttelt nur den Kopf. »Also, wenn ihr euch hier einnebeln müsst, geh ich mal rein.« Nun sind sie allein. Von drinnen dringt der Lärm zu ihnen.

»Gibt es was Neues bei dir?« Vorsichtig versucht Malin, etwas rauszubekommen.

»Hm, nicht viel, außer dass ich wieder Single bin.« Sie grinst. Das hätte Malin nicht erwartet.

»Was ist passiert?«

»Nichts, jedenfalls nichts Besonderes. Es hat einfach nicht funktioniert. So was kommt eben vor.«

»Bist du traurig darüber?«

Alina sieht zu Boden. »Ein bisschen vielleicht. Ich mochte ihn schon. Aber es gibt noch andere.«

Ja, andere gibt es immer. *Nur ist niemand wie der andere, denkt Malin. Keiner kann auf der Welt jemanden ersetzen. Deshalb sind wir so traurig, wenn wir jemanden verlieren!? Könnten wir jemanden einfach ersetzen, müssten wir nicht traurig sein, wenn wir verlassen werden, wenn es nicht klappt und wir wieder allein dastehen. Nur macht seine Einzigartigkeit einen Menschen erst aus und ist das, was wir lieben können.*

»Ja, du hast recht, es gibt andere. Lass uns reingehen.«

Drinnen geht es ab. Malin glaubt, etwas verpasst zu haben. Manche von den Gästen stehen auf den Tischen, sodass man Angst um das Überleben der Gläser haben muss. Eine Flasche fällt um und zerbricht auf dem Boden. Die rote Flüssigkeit verteilt sich immer weiter.

»Na toll, da werden wir unseren Spaß beim Saubermachen haben.« Erschrocken lässt Malin fast ihr eigenes Glas fallen. Hat sie da gerade wirklich diesen Typen gesehen, der Evelyn bedroht? Wo ist sie eigentlich?

»Halt mal bitte.« Sie drückt Alina ihr Glas in die Hand und macht sich auf die Suche nach Eve. Doch sie findet sie nicht, stattdessen läuft sie ihrem Freund in die Arme.

»Ich hab dich schon gesucht, meine Süße.«

»Niklas, nicht jetzt. Hast du Evelyn gesehen?«

Niklas antwortet zögernd, der Alkohol ist ihm bereits zu Kopf gestiegen. »Ja, die ist rausgegangen, Richtung Toilette.«

»Danke.« Bevor er noch etwas erwidern kann, ist Malin verschwunden. Wo ist Eve bloß? Hat sie den Kerl schon bemerkt und ist deshalb rausgegangen? Das Klo ist besetzt. Nervös klopft Malin an die Tür.

Eine tiefe Stimme antwortet. Okay, das kann nicht Eve sein. Malin sucht weiter. Hoffentlich passiert ihr nichts. Wie sie nun weiß, ist dem Kerl ja so ziemlich alles zuzumuten. Sie geht nach draußen. Da ist Eve auch nicht. Aber irgendwo hier muss sie doch sein!

Gerade als sie wieder reingehen will, ist ihr, als wenn sie etwas im Wald gesehen hat. Blitzte dort nicht irgendetwas? Entschlossen geht sie in die Richtung, aus der sie meint, was gesehen zu haben. Angestrengt sieht sie in die Dunkelheit. Ja, da ist jemand. Nachher erwischt sie noch welche, die einfach nur ihre Ruhe haben wollten oder zu Hause kein Bett haben. Malin schüttelt den Gedanken ab. Und wenn, ist es auch egal. Evelyn ist jetzt wichtiger.

Als sie näher herankommt, sieht sie, dass es zwei Gestalten sind. Aber es ist zu dunkel und Malin noch zu weit weg, als dass sie erkennen könnte, um wen es sich handelt. Sie muss noch näher heran. Ihr Atmen geht schwer. Malin ist bemüht, möglichst kein Geräusch zu verursachen. Tatsächlich, da ist Evelyn und bei ihr dieser Volltrottel. Er ist ganz dicht bei ihr und seine Stimme klingt gereizt.

»Also was ist nun? Machst du es oder soll ich allen erzählen, was vor ein paar Jahren ablief?«

»Du weißt, was passiert ist! Und du weißt, dass ich nichts getan habe. Du willst dich doch nur selber aus dem Dreck ziehen.«

Malin hört die Angst in ihrer Stimme.

»Mag sein, aber das weiß niemand außer du.«

Er kommt ihr immer näher. Malin reicht es.

»Hey, lass sie in Ruhe!«

Erschrocken dreht er sich um. »Was willst du hier? Das geht dich überhaupt nichts an.«

»Oh, doch, mich geht es sehr wohl was an, wenn so ein widerlicher Kerl wie du so mit meiner Freundin redet.«

Sie stemmt ihre Arme in die Hüfte und sieht ihn entschlossen an.

»Deine Freundin also. Ich würde dir raten, dich zu verziehen. Kleine Mädchen wie du haben nachts im Wald nichts zu suchen.«

»Ich verschwinde, aber dann nehme ich Evelyn mit!«

»Das hättest du wohl gerne, die Kleine bleibt da. Ich hab noch einiges mit ihr zu bereden.«

Evelyn sieht ängstlich zu Malin. Diese spürt, wie die Wut in ihr immer größer wird. Was bildet dieser Idiot sich eigentlich ein?!

»Komm, Evelyn, wir gehen jetzt!« Malin reicht ihrer Freundin die Hand. Was sie als Nächstes mitbekommt, ist ein lauter Aufschrei von Evelyn und ein stechender Schmerz in ihrem Arm. Noch bevor sie versteht, was gerade passiert ist, erwischt es sie ein zweites Mal. Dieses Mal mitten ins Gesicht. Sie sieht den Kerl, der noch mit erhobener Faust vor ihr steht und Eve, die zu ihr rennt. Und dann ist es dunkel.

Woher kommt dieser Lärm? Ist das Niklas Stimme? Warum hat sie solche Schmerzen? Langsam öffnet Malin ihre Augen. Niklas hält sie in seinen Armen. »Malin, wie geht es dir?«

»Ganz gut«, sie muss lachen, »Auf jeden Fall lebe ich noch.« Jetzt fällt ihr wieder ein, was passiert ist. »Wie geht es Evelyn?«

Niklas sieht sie besorgt an. »Gut, sie ist nur etwas geschockt. Alina kümmert sich gerade um sie.«

»Okay, gut. Und was ist mit dem Dreckskerl?« Malin fühlt wieder Wut in sich aufsteigen.

»Abgehauen.«

Na toll.

»Der Krankenwagen müsste gleich da sein.«

»Welcher Krankenwagen? Doch nicht für mich, so schlimm ist es nicht.«

Niklas sieht sie an. Diesen Blick hat sie noch nie bei ihm gesehen. Er macht ihr Angst. Hat er Angst? Angst um sie? Von Weitem sieht sie schon das Blaulicht. Neugierige Menschen haben sich um den Krankenwagen versammelt, als sie Malin abtransportieren. Sie fühlt sich unwohl, unter den Blicken der ganzen Leute. Die Party ist nun wohl vorbei. So langsam mag Malin Geburtstage wirklich nicht mehr.

»Ich komme gleich hinterher.« Niklas steht vor dem Wagen. Er lächelt ihr zu, aber es ist ein ängstliches Lächeln. Malin nickt ihm zu, bevor die Wagentüren geschlossen werden. Sie ist geschockt. Und warum verdammt noch mal ist sie hier allein unter lauter fremden Leuten, die weiß gekleidet sind? Malin will weg, raus aus dem Wagen. Sollen diese Leute sie doch in Ruhe lassen. Sie will zu Niklas. Tränen laufen über ihr Gesicht. Die Frau im Wagen lächelt ihr aufmunternd zu, aber Malin ist das egal. Erschrocken blickt sie auf ihre Hände. Blut klebt an ihnen. Ist das ihr eigenes? Natürlich, von wem sollte es auch sonst sein!?

Ein Arzt betrachtet im Krankenhaus ihren Arm. »Du hast Glück, er scheint nicht gebrochen zu sein.«

Ach ja, das nennen die Glück, eine Wunde am Kopf zu haben und einen schmerzenden Arm? Also nach Glück klingt das für Malin gar nicht. Als die Untersuchungen abgeschlossen sind und die Wunden verbunden, fragt Malin, ob sie nach Hause kann. Aber sie soll da bleiben, zumindest diese Nacht.

Einsam liegt sie in dem kalten Zimmer. Das Bett ist unbequem und es knarrt. Endlich geht die Tür auf. Malins Eltern treten ein. Ihren Vater hat sie nicht erwartet. Sie sieht ihn kurz skeptisch an. Ganz zum Schluss kommt Niklas herein.

»Na endlich, du hast doch gesagt du kommst gleich nach. Zwei Stunden später ist nicht gleich.« Beleidigt sieht sie ihm direkt in die Augen.

»Tut mir leid, aber die haben uns nicht gleich zu dir gelassen. Ich wäre auch sofort mitgekommen, nur wie du weißt, war ich der Gastgeber einer Party. Ich konnte ja nicht einfach verschwinden.«

Malin nickt stumm. Jetzt ist schon wieder eine Party ihretwegen ins Wasser gefallen.

»Tut mir leid wegen der Party.« Ohne dass es Malin will, steigen Tränen in ihre Augen.

»Ach was, schon okay. Du kannst ja nichts dafür. Oder hast du dir selbst eine mitgegeben?«

Malin lächelt. »Nee.«

Niklas nimmt sie in seine Arme. Leise weint sie vor sich hin. »Schön, dass du da bist«, flüstert sie ihm ins Ohr. Ihre Eltern sehen schweigend zu.

»Tut mir leid, dass ich euch Sorgen mache.«

Malins Mutter schluchzt auf. Traurig sieht Malin sie an. »Schon okay, Mom, mir geht es gut. Der Arzt meinte, es ist nichts Schlimmes. Nur ein verstauchter Arm und eine kleine Wunde am Kopf. Aber die verheilt schnell.«

Sie schluchzt nur noch mehr. Malin ist verzweifelt.

»Komm, wir holen uns erst mal einen Kaffee.« Ihr Vater wartet, bis ihre Mutter reagiert und ihm folgt. Nun sind sie allein, Niklas und sie.
»Was ist passiert, nachdem ich ...«, sie zögert, »auf dem Boden lag?«
»Der Typ hat die Flucht ergriffen und Evelyn hat mich zur Hilfe geholt. Leider etwas zu spät. Warum hast du mir nicht vorher erzählt, was passiert ist?«
»Hat Eve dir gesagt, was zwischen ihr und dem Kerl lief?«
»Ja, sie hat mir alles erzählt. Und sie macht sich Vorwürfe.«
»Oh je, das soll sie nicht! Sie hat doch keine Schuld!«
Malin macht eine Pause. Sie hat ein schlechtes Gewissen. »Tut mir leid, dass ich es dir nicht erzählt habe. Ich dachte nicht, dass es so ausartet.«
Beschämt sieht sie auf die weiße Bettdecke.
Ihre Eltern kommen wieder in das Zimmer. Sie haben drei Becher Kaffee mitgebracht, aber Niklas findet, dass er genug Aufregung für heute hatte, die ihm den Schlaf rauben wird.
Der Arzt kommt noch mal zu Malin und spritzt ihr, gegen ihren Willen, ein Beruhigungsmittel. Kurz darauf schläft sie ein.

Am nächsten Tag darf sie gegen Mittag endlich das Krankenhaus verlassen. Niklas holt sie ab.
»Evelyn war vorhin kurz bei mir. Ich soll dir eine gute Besserung wünschen. Sie möchte dich heute Abend besuchen. Und ich soll dir sagen, dass sie heute bei der Polizei war und eine Aussage gemacht hat. Du sollst auch noch hin.«
Malin ist erleichtert. Hoffentlich muss Evelyn nun keine Angst mehr haben.
»Wieso soll ich hin?«
Niklas sieht kurz zu ihr rüber. »Na, weil er dich verletzt hat. Körperverletzung. Falls du es nicht weißt, das ist eine Straftat und er kann dafür ins Gefängnis wandern.«
Malin seufzt, das kann noch was werden.

Evelyn kommt wie versprochen am Abend vorbei. Malin bemerkt, dass sie sich unsicher fühlt. Aber warum?

Sie umarmt Eve so herzlich wie immer.

»Ich habe gehört du warst bei der Polizei. Was haben die gesagt? Glauben sie dir?«

»Ja, sie glauben mir und sie werden der Sache nachgehen.«

Evelyn ist erstaunlich ruhig, selbst für ihre Verhältnisse. Bestimmt hat die Sache sie ganz schön mitgenommen, verständlich. Sie sitzen in Malins Zimmer und schweigen sich an. Malin versteht nicht, was los ist.

Endlich durchbricht Evelyn die Stille. »Entschuldige.« Weinend bricht sie in Malins Armen zusammen. Diese ist ganz verwirrt.

»Warum entschuldigst du dich?«

Eve sieht sie mit ihren dunklen Augen an, dicke Tränen kullern aus ihnen. »Weil ich dich da mit reingezogen habe, das hätte ich nicht tun sollen. Ich wollte nicht, dass es so weit kommt.«

Malin ist erschüttert. Wie kann sie nur denken, dass sie ihr einen Vorwurf macht?

»Ich bin froh, dass du es mir erzählt hast. Und es war meine Entscheidung, dazwischen zu gehen. Ganz allein meine! Dich trifft keine Schuld. Wozu sind Freunde da, wenn nicht, um einander zu helfen? Ich bereue es nicht und ich würde es wieder tun.«

Evelyn sieht Malin erleichtert an. »Bist du mir wirklich nicht böse?«

Malin schüttelt den Kopf. »Kein bisschen. Und morgen gehe ich zur Polizei und mache meine Aussage, damit der Kerl bekommt, was er verdient.«

Die zwei reden noch eine Weile miteinander, bevor Eve geht. Malin sieht ihr nach. Ein Lächeln huscht über ihr Gesicht. Am Ende bekommt der Widerling doch, was er verdient und das war die Aktion allemal Wert.

Erleichtert schließt Malin die Tür. Das war fürs Erste genug Aufregung. Sie könnte etwas Ruhe gebrauchen. Vielleicht ruft sie mal ihre Tante an, die hat ein kleines Landhaus. Wie schön wäre es, jetzt dort zu sein.

28 Weit weg, eine alte Freundschaft

Ihre Tante freut sich über den Anruf und noch mehr darüber, dass Malin sie besuchen will. Sie kann es kaum erwarten. Malin geht an diesem Montag nach der Arbeit noch in die Stadt, um sich ein Zugticket zu kaufen. Ihr Arm schmerzt, genauso wie ihr Kopf. Trotz allem wollte sie sich nicht krankschreiben lassen. Das Ticket ist gekauft und am Freitagabend geht es los.

Die Züge laufen laut quietschend im Bahnhof ein. Malin hält sich die Ohren zu. Cindy scheint genauso wenig von dem Lärm begeistert zu sein. Sie legt ihre Ohren an und knurrt. Malin muss lachen.
»Ich glaube, du bist kein würdiger Gegner für den Zug.«
Die Türen gehen auf. Menschenmassen drängen sich nach draußen. Ganz schön was los. Ein Mann hilft ihr beim Einsteigen.
»Danke, sehr nett von Ihnen.« Der verletzte Arm macht sich nicht gut beim Tragen der großen Tasche. »Wo wollen Sie sitzen?«
»Der Platz da ist gut. Danke noch mal.« Fröhlich lächelt sie ihm zu.
Cindy ist der ganze Trubel zu viel. Ängstlich schaut sie sich um.
»Ist schon gut, Cindy, du fährst doch nicht das erste Mal mit dem Zug.«
Langsam beruhigt sich der Verkehr im Zug und somit auch ihre Hündin. Vor ihnen liegen zwei Stunden Fahrt.
Sie lassen die Stadt hinter sich und das Grün wird immer mehr. Bald fahren sie an einem Wald entlang. Verträumt beobachtet Malin die Landschaft. Sie war viel zu lange nicht mehr bei ihrer Tante. Als sie kleiner war, sind ihre Mutter und sie oft zu ihr gefahren.
Schließlich kommen sie an einem kleinen See vorbei. Jetzt müssten sie bald da sein. Malin schnappt ihr Gepäck und geht zur Tür. Es dauert noch etwas, bis der Zug zum Stehen kommt. Draußen blickt sie sich suchend nach ihrer Tante um. Niemand zu sehen.

Malin setzt sich auf eine Bank und wartet. Endlich sieht sie ihre Tante auf sich zukommen.

»Betty, hallo.« Malin steht auf, um ihre Tante zu umarmen.

»Hi, Malin, entschuldige die Verspätung, ich stand im Stau. Na, und was ist mit dir?«

Cindy hat ihre Schnauze unter Bettys Hand geschoben. »Sieht man dich auch mal wieder, meine Süße.«

Die Hündin beginnt, ihre Hand abzuschlecken.

»Na, dann lasst und mal gehen. Du hast bestimmt schon Hunger.«

Malin nickt. Das alte Landhaus riecht vertraut nach Heu und ganz eindeutig nach Essen. Ihr Magen knurrt schon. Bettys langjähriger Freund deckt gerade den Tisch.

»Oh, hallo Malin, schön, dass du da bist. Das Essen ist auch gleich fertig.«

»Toll, ich hab schon einen riesigen Hunger.«

Malin setzt sich an den alten Holztisch. Sie langt kräftig zu, was sonst nicht ihre Art ist. Erst spät nachts fällt sie ins Bett.

Mitten in der Nacht wacht sie auf. Hat gerade ihr Handy geklingelt? Tatsächlich, das Display leuchtet. Verschlafen liest sie die Nachricht. Niklas hat ihr geschrieben. *Hey, mein Schatz, ich wünsche dir ein schönes Wochenende. Erhol dich und genieße die Landluft. Ich vermisse dich jetzt schon. Liebe dich. Gute Nacht, träum schön.*

Malin drückt das Handy fest an sich und schläft zufrieden wieder ein.

Am Morgen wird sie von den Sonnenstrahlen geweckt. Langsam geht sie die alte Holztreppe herunter. An ihr hängt eine schmerzhafte Erinnerung. In ihrer Kindheit wurde ihr Übermut Malin zum Verhängnis. Sie spielte mit einem Freund fangen und als sie ihm entwischen wollte und die Treppe runterrannte, rutschte sie aus und fiel hart. Seitdem ist sie vorsichtig, was die Treppe angeht. Die Küche ist bereits gut gefüllt. Anscheinend haben sie Gäste. Malin fällt ein, dass sie ja noch ihren Schlafanzug anhat. Schnell will sie wieder die Flucht ergreifen, aber zu spät. Ihre Tante wünscht ihr einen guten Morgen.

»Kennst du Will noch? Ihr habt, als ihr klein ward, zusammen gespielt.«

Malin überlegt. War das nicht der kleine Junge, dem sie beim Fangen entkommen wollte?

»Ja, ich glaube schon. Hallo.«

Er lächelt ihr zu. Malin lächelt zurück, aber sie würde jetzt viel lieber ihren rosa Schlafanzug mit den kleinen Kätzchen darauf gegen ihre Jeans und einem normalen Hemd austauschen oder einfach nur verschwinden.

»Hast du vielleicht Lust, nachher mit zum See zu kommen? Ein paar Freunde und ich treffen uns nachher dort.«

»Ja, klar, gerne.«

»Okay, super, ich hole dich dann später ab. Machen Sie es gut, Frau Mendes, bis später vielleicht.«

Weg ist er.

»Na, dann wünsche ich euch mal viel Spaß. Ich komme erst abends wieder, muss noch in die Stadt ein paar Sachen besorgen. Das Essen steht auf dem Tisch, falls du frühstücken möchtest.«

Die Sonne hat ihren Höhepunkt erreicht, als Will sie abholt. Er fährt mit einer kleinen Kutsche vor. Das nennt man Landromantik. Malin streichelt das braune Pferd.

»Das ist Blume, mein Pferd.«

»Blume? Ein komischer Name. Aber irgendwie auch schön. Kann ich Cindy eigentlich mitnehmen?« Sie zeigt auf ihre Hündin.

»Sicher, hier auf dem Land ist man an Tiere gewöhnt.«

Ach was, darauf wäre Malin nie gekommen. Sie steigt in die Kutsche. Es kostet einige Überredungskünste, Cindy ebenfalls in die Kutsche zu bekommen. Endlich setzt sich Blume in Bewegung.

»Warum laufen wir eigentlich nicht?«

Will sieht zu ihr rüber. »Du kannst auch zu Fuß gehen, wenn du möchtest, aber eine Stunde brauchst du dann bestimmt noch.

Malin ist verwundert. So lange hat sie den Weg zum See gar nicht in Erinnerung.

Die Kutsche hält.

»Ab hier müssen wir zu Fuß weitergehen.« Er bindet sein Pferd an einem Baum fest. Durch die Bäume ist bereits der See zu erkennen. Sie steigen zusammen über die Äste am Boden, bis sie den kleinen See erreichen. Er ist von einer Wiese umgeben, auf der schon einige Leute liegen.

»Hey, ihr Faulpelze, wir sind da.« Will winkt ihnen zu.

»Und wer ist das hübsche Mädchen an deiner Seite?«

»Das ist Malin, eine alte Freundin. Sie ist gerade zu Besuch bei Frau Mendes.«

Die anderen begrüßen sie. Malin fühlt sich unsicher, zwischen all den fremden Leuten. Will breitet eine Decke auf dem Boden aus.

»Du kannst dich ruhig drauflegen. Ich beiße nicht.«

Zögernd lässt sich Malin auf der Decke nieder. Die Sonne scheint herrlich warm auf ihre Haut.

»Kommst du mit ins Wasser? Deine Hündin ist auch schon drin.«

Malin sieht zu Cindy. Sie ist am Ufer und jagt einem kleinen Fisch nach.

»Ist das Wasser nicht viel zu kalt?«

»Ach was, mit den Füßen kann man schon mal reingehen.«

Vorsichtig steckt sie ihren Zeh ins Wasser. Brrrr kalt. Einer von den Jungs wagt es und geht ganz rein. Wahrscheinlich will der die Mädchen beeindrucken. Aber Malin findet es einfach nur albern.

Cindy kommt auf sie zu gerannt.

»Nein, Cindy nicht, platz!« Zu spät, Cindy steht neben Malin und schüttelt sich. Ihre Hündin ist nun wieder relativ trocken, nur Malin nicht mehr. Die anderen lachen. Malin findet das gar nicht witzig.

Abends kommen sie wieder zurück zum Landhaus.

»Also, dann mach's gut. Vielleicht sieht man sich ja noch mal.« Will schnalzt mit der Zunge und Blume setzt sich in Bewegung.

Malins Tante ist schon zu Hause. »Und wie war dein Tag?«

»Ganz amüsant.«

Am Sonntag streift sie mit Cindy durch die Wälder, bis es abends heißt, wieder Abschied zu nehmen.

»Komm bald wieder ja? Und bring dann deine Mutter mit.«

»Ja, mach ich, bis dann, tschüss.«
Der Zug rollt vom Bahnhof ab.

Niklas wartet schon auf sie. »Ich habe Sarah und Ben getroffen. Sie haben gefragt, ob wir morgen bei ihnen vorbeikommen?«
»Au ja, ich habe Sarah schon viel zu lange nicht mehr gesehen.«
»Sie war doch nur zwei Wochen weg.«
»Ja, eben, viel zu lange.«

29 Der lang ersehnte Brief

Malin freut sich schon darauf, Sarah wieder zu sehen. In den letzten zwei Wochen ist viel passiert, was sie ihr noch nicht erzählen konnte. Eigentlich wäre es ihr ja lieber, wenn sie mit ihr allein wäre. Nicht, dass sie Benjamin nicht sehen will, nur ist es eben etwas anderes, ob man nur mit seiner Freundin redet oder nicht.

Bens Auto steht schon in der Einfahrt. Niklas und sie müssen einen abgelegeneren Parkplatz nehmen. Sarahs Eltern sitzen zusammen mit ihrer Tochter und Ben im Wohnzimmer am Esstisch. Zum Glück ist es Malin gewohnt, dass Frau Miller für sie kocht. Sonst hätte sie bestimmt schon längst was gegessen.

Nach dem Essen ziehen sich die vier auf den Dachboden zurück. In Regalen türmen sich Bücher, Spiele, alte Erinnerungen und sogar ein Radio. Als die zwei Mädchen klein waren, bot ihnen der Dachboden einen beliebten Platz zum Spielen. Nun kommt meistens nur noch Sarah hierher. Es ist ihr Lieblingsplatz und oft verkriecht sie sich über Stunden hier.

Die Sonne geht gerade unter und taucht die Stadt in ein warmes Licht.
»Mann, bist du braun geworden! In Italien muss die Sonne ja pausenlos geschienen haben.«

Sarah grinst. »Oh ja, es war herrlich. Ich war fast jeden Tag schwimmen. Nur an die Ruhe kann ich mich wohl nie gewöhnen.«

Typisch Sarah. Zu viel Ruhe tat ihr noch nie gut.

»Aber sag jetzt endlich mal, was mit dir passiert ist. Bist du mal wieder gestolpert, kleiner Tollpatsch?«

Malin lacht und schüttelt den Kopf. »Nein, ganz falsch. Es gab eine Auseinandersetzung, aber ich glaube, ich erzähle dir die Geschichte lieber von Anfang an.«

Malin berichtet Sarah und Ben, was in den letzten Tagen passiert ist und wie sie schließlich im Krankenhaus landete.

»Nicht zu fassen! Da bin ich mal zwei Wochen weg und hier ist die Hölle los.«

Malin nickt. »Du hast eben kein Timing. Aber es war ja auch nichts, wo man unbedingt dabei sein muss.«

»Hm, dann fällt unser Tanztraining also die nächste Zeit erst mal flach. Oh, ich wollte euch doch noch die Urlaubsfotos zeigen, jetzt hätte ich sie fast vergessen. Moment, ich hole sie kurz, bin gleich wieder da.« Sarah springt auf, um in ihr Zimmer zu eilen.

»Warte, ich komm mit.« Malin steht ebenfalls auf, um ihrer Freundin zu folgen. Sarah zieht unter dem Bett eine Schachtel hervor. Auf ihr klebt ein Foto von ihr und Malin.

»Mann, waren wir da noch klein. Wie alt waren wir? Acht, neun?«

»Sieben«, korrigiert Sarah. Sie kramt in der Kiste nach den Urlaubsfotos. »Hab sie. Gehen wir wieder nach oben?«

»Nein, warte kurz, ich wollte dir noch was zeigen.«

Malin holt aus ihrer Hosentasche einen Brief. »Hier, lies.«

Sarah nimmt den Brief an sich und faltet ihn auf. Sorgfältig liest sie ihn, ohne dabei einmal eine Pause zu machen. Dann sieht sie zu Malin, die vor sich hinstrahlt.

»Das ist ja großartig! Gratulation.«

Sarah umarmt Malin und gibt ihr den Brief zurück.

»Ich kann es selbst noch nicht so recht fassen. Ich dachte, da kommt nichts mehr, weil es schon so lange her ist. Und nun …«

Malin drückt den Brief an sich und liest ihn zum x-ten Mal durch.

Sehr geehrte Frau Mendes,

ich freue mich, Ihnen mitteilen zu können, dass ich einen Interessenten für Sie gefunden habe. Frau Rose haben Ihre Fotos sehr gut gefallen und sie wünscht sich eine baldige Kontaktaufnahme mit Ihnen. Sie können Ihren Anruf in den nächsten Tagen erwarten. Frau Rose wird Ihnen dann alles Wichtige erklären.
   Ich wünsche Ihnen weiterhin viel Glück und Erfolg. Bleiben Sie der Fotografie treu.

Mit freundlichen Grüßen, Michael Stepp

»Hoffentlich überlegt sich diese Frau Rose es nicht noch anders.«
   Malin zweifelt an ihrem unverhofften Glück.
   »Ach, was, denk so was nicht. Sie wird ja wohl nicht ihr Interesse an dir und deinen Werken verkünden und es sich dann anderes überlegen. Das ergibt doch gar keinen Sinn. Hat sie sich inzwischen schon gemeldet?«
   »Nein, noch nicht.«
   »Dann kommt es eben noch. Hast du es den anderen schon erzählt?«
   Malin schüttelt den Kopf. »Ich wollte abwarten, bis sie sich meldet und ich mehr weiß. Du bist die Erste, der ich es erzählt habe und meiner Mom. Aber sonst niemandem.«
   »Na, dann, lass uns wieder hochgehen. Ich nehme eine Flasche Sekt mit. Das muss gefeiert werden, zumindest heimlich.« Sie zwinkert Malin zu, bevor sie weiterredet: »Ach ja, schöne Kette.«
   Malin nimmt den kleinen Engel in die Hand. »Hat mir Niklas geschenkt.«
   Sarah sieht sie lächelnd an, bevor sie in den Keller geht, um eine Flasche für sie zu holen. Malin geht schon einmal nach oben. Sie hat das Gefühl, die zwei Jungs bei ihrem Gespräch zu stören. Als sie hochkommt, ist es plötzlich ruhig.
   Fragend sieht Malin sie an. Aber die zwei machen keine Anstalten etwas zu sagen. Dann eben nicht. Sarah bringt die Sektfalsche. »Wow, womit haben wir die verdient?«

»Ihr zwei Jungs habt sie euch gar nicht verdient. Wenn, dann Malin. Aber warum, sagen wir euch nicht.«

Die zwei Männer sehen sich fragend an. Da keiner von ihnen mehr weiß als der andere, müssen sie sich mit der Antwort zufriedengeben.

Als sich Niklas und Malin von ihnen verabschieden, flüstert Sarah Malin noch etwas ins Ohr: »Meld dich, sobald du einen Anruf erhalten hast, ja?«

»Klar, mach ich, versprochen.«

Den Anruf erhält sie an einem Donnerstagmorgen. Frau Rose lädt sie zu einem Gespräch ein. Natürlich stimmt Malin sofort zu. Die Frau klang am Telefon nett, hoffentlich ist sie es auch wirklich.

Mit klopfenden Herzen steht Malin vor dem großen Gebäude in einer der begehrtesten Wohngegenden dieser Stadt. Sie ist früh aufgestanden, um den Zug zu erreichen und schlafen konnte sie in dieser Nacht sowieso nicht. Trotz allem ist sie putzmunter. Aufgeregt wartet sie vor der Tür. Sie ist zu früh da.

Eine dicke Frau geht in das Haus, vor dem Malin wartet. Bevor sie ganz in ihm verschwunden ist, dreht sie noch einmal um.

»Guten Morgen. Sind Sie Frau Mendes?«

»Ja, die bin ich.«

Die Frau lächelt. »Kommen Sie ruhig schon einmal herein. Frau Rose müsste auch bald erscheinen.«

Oh, also ist diese Frau hier gar nicht Frau Rose. Die Frau legt einige Unterlagen auf den Tisch, bevor sie wieder verschwindet. Malin nimmt auf einen der Stühle Platz. Ihre Nervosität steigt mit jeder Minute. Sie sieht sich um. In den Büroraum stehen Schränke voller Akten, sie fallen Malin zuerst auf. An den Wänden sind Fotografien und Pflanzen verteilen sich im ganzen Raum. Eigentlich ist es hier ganz gemütlich, jedenfalls für einen Arbeitsplatz. Sie steht auf, um sich die Fotos genauer anzusehen.

Malin betrachtet gerade eine Nachtlandschaft, als die Tür aufgeht. Erschrocken dreht sie sich um. Vor ihr steht eine Frau, in einem schwarzen Kostüm und dunkelblondem Haar, das zu einem Dutt gedreht ist.

Malin schätzt sie auf etwa dreißig. Ihr ist der Erfolg anzusehen. Sie ist schön auf ihre Art und Weise.

»Oh, hallo, Frau Mendes, Sie sind ja schon da. Ich hätte sie ein bisschen später erwartet.« Die Frau reicht Malin die Hand.

»Ja ich bin zu früh dran, Sie haben recht. Ihre Assistentin hat mich hereingebeten.«

Hoffentlich sagt Malin jetzt nichts Falsches.

Frau Rose lächelt. »Na, dann, nehmen Sie ruhig Platz. Möchten Sie einen Kaffee oder ein Glas Wasser?«

»Wasser wäre nett.«

So langsam legt sich Malins Nervosität.

»Also, kommen wir zu meinem Anliegen.« Frau Rose lächelt Malin zu. »Herr Stepp hat mir Ihre Fotografien gezeigt und sie haben mich sehr angesprochen. Ich plane für Oktober eine Ausstellung, in der junge Nachwuchskünstler ihre Werke vorstellen können. Das Ganze findet unter einem Motto statt. Hätten Sie Interesse daran teilzunehmen?«

Sie sieht Malin über ihre Brille hinweg an. Die muss das Ganze erst einmal kurz verdauen. Nach einer kurzen Pause gibt sie ihren Entschluss bekannt: »Natürlich! Es wäre eine Ehre für mich, an so einem Projekt teilnehmen zu dürfen.«

Malin kann ihre Begeisterung kaum stoppen.

»Na, dann können wir uns ja jetzt um die Details kümmern.«

Gegen Mittag haben Malin und Frau Rose alles besprochen. Bis Oktober muss das Ganze stehen. Malin kann sich nicht daran erinnern, wann sie das letzte Mal so glücklich war. Ihr Herz pocht noch immer wild. Das ist ihre Chance und sie wird sie nützen. Da ist sie sich ganz sicher.

Freudig erzählt sie Sarah von dem Treffen. »Super, das wird gefeiert. Morgen lassen wir es krachen.«

Am nächsten Tag sitzen sie alle zusammen in einer Bar. Niklas hat die Hand seiner Freundin ergriffen. Ben und Sarah sitzen ihnen gegenüber. Nur Alina und Evelyn sind mal wieder ohne Partner da, was sie aber nicht weiter zu stören scheint.

»Ich kann es immer noch nicht fassen, dass du eine Ausstellung hast.« Alina fuchtelt wild mit ihrer Salatgabel herum.

»Na ja, nicht ich, es ist eine gemeinsame Ausstellung und nicht nur meine.«

»Ach, egal, ist doch fast das Gleiche.« Alina stochert weiter in ihrem Salat herum und legt die Gabel dann beiseite.

Evelyn schnappt sich Alinas Gabel in einem unaufmerksamen Moment, der bei ihr nicht selten vorkommt, und klaut etwas von dem Salat.

Nach elf Uhr verlassen sie die Bar, um noch einen Klub aufzusuchen. Als sie rauskommen, nieselt es leicht. Doch bald werden die Tropfen mehr.

»Mann, ist das nass.« Malin bereut, dass sie keine Kapuze dabei hat.

»Warum beschwerst du dich eigentlich, du hast doch vorher einen Schirm dabei gehabt. Den kannst du ruhig mal rausrücken.«

»Ach du Schande, der Schirm. Den habe ich in der Bar vergessen.«

»Na, toll, dann renne mal schnell zurück, bevor sich den jemand krallt. Wir gehen schon mal zum Auto.«

Malin geht schnell den Weg zurück, den sie gekommen ist. Der Schirm ist noch da, wo sie ihn gelassen hat. Malin klappt ihn auf, obwohl sie inzwischen sowieso schon nass ist. Flüchtig sieht sie aus den Augenwinkeln jemanden in ihrer Nähe stehen. War das …? Sie dreht sich um, um genauer hinzusehen. Tatsächlich, unter dem kleinen Dachvorsprung steht Justin. Mit ihm hätte Malin an diesem Abend nun nicht gerechnet. Vielleicht hat er sie noch nicht gesehen. Malin will gerade gehen, als er sie bemerkt. Verdammt.

»Hi, Malin.« Seine Stimme klingt nicht weniger überrascht als Malin sich fühlt. Nun muss sie wohl oder übel stehen bleiben.

»Hallo, Justin, hab dich gar nicht bemerkt.« Gut, das war gelogen.

»Was machst du hier?«, möchte er wissen.

»Ich war was trinken.«

»Ah ja.«

Sie haben sich nichts mehr zu sagen. Nur der Regen tropft unaufhörlich auf den Boden.

»Ich muss dann mal weiter, die warten bestimmt schon auf mich.«

»Okay, mach es gut.«

»Ciao.« Mit diesem letzten Wort dreht sich Malin zum Gehen um. Nachdem sie hinter der nächsten Hausecke verschwunden ist, fängt sie an zu rennen. Sie rennt die nassen Straßen entlang, bis sie an einem Baum, der ein bisschen Schutz vor dem Regen bietet, zum Stehen kommt. Ihr Atem geht schnell. Sie hat Seitenstechen. Sie wollte rennen, wegrennen vor der Vergangenheit. Warum muss sie Malin andauernd einholen? Da ist noch immer eine kleine Wunde tief in ihr. Auch diese wird irgendwann verheilen, aber eine Narbe wird bleiben, für immer und sie an das Geschehene erinnern.

Malin erreicht das Auto. Ihr Regenschirm hat die Flucht nicht überlebt.

»Da bist du ja endlich. Dann können wir ja los.«

Der Motor startet und sie brechen auf zum nächsten Klub.

30 Ein Jahr

Ein Schauer durchfährt Malin. Sie stützt ihren Kopf in ihren Händen ab. Er fühlt sich an, als wollte er explodieren. Zu viele Erinnerungen wirbeln in ihm herum. Sie erinnert sich an den Regen, die Sonne, die sie wärmte, den Schnee und die Kälte. An alles, was war und wieder sein kann und an alles, was nie wieder sein wird. Ihr Herz klopft. Sie ist am Leben, der Schmerz hat sie nicht umgebracht.

Die Dunkelheit wich Stück für Stück, ganz langsam, sodass sie es selbst kaum merkte. Erst als das Licht hell genug war, konnte sie es sehen, fühlen. Die Dunkelheit ist ein Teil des Lichts, das eine ist nichts ohne das andere. Aber manchmal hat Malin vergessen, dass es immer irgendwo Licht gibt. Sie sah nur noch die Dunkelheit, war gefangen in ihr, wie ein Tiger im Käfig, der vergaß, dass es eine Freiheit gibt.

Malin sitzt am Fenster und sieht auf die Straße. Es ist offen, kein Glas, das sie vor einen Sturz zurückhalten könnte. Sanft streicht der Wind ihr durchs Haar, berührt ihr Gesicht. Sie schließt die Augen. Er weht den Geruch vom frisch gemähten Gras zu ihr. Als sie ihre Augen wieder öffnet, sieht sie Justin, der die Straße entlang geht. Er dreht sich nicht um, wendet seinen Blick nicht zu ihr. Das tut er schon lange nicht mehr. Hat er es je wirklich getan? Oder war alles nur eine Illusion, ein Traum, der Gestalt annahm und die Wirklichkeit hinter sich versteckte? Ja, das war es wohl gewesen, nur ein Traum, nicht mehr. Ein Traum, der mit dem Aufwachen endet und einen in die kalte Realität zurückschleudert. Am hellen Tage mag man den Traum vergessen, aber wenn es ruhig und dunkel ist und man seine Augen schließt, dann schleicht er sich an. Nur um einen wieder und wieder aufwachen zu lassen.

Vielleicht sollte man die Dinge lieber bei Tage betrachten, wenn die Dunkelheit nichts versteckt. Vielleicht wären dann die Enttäuschungen nicht so groß. Vielleicht. Doch hat die Dunkelheit etwas Reizendes. Niemand wird ihr je ganz entgehen.

Malin verlässt ihren Platz auf dem Fenstersims. Sie hat genug gesehen. Als sie ins Wohnzimmer geht, bleibt ihr Herz vor Schreck fast stehen.

»Niklas, was machst du hier, wie bist du reingekommen?« Sieht sie jetzt schon Geister? Die Person, die wie ihr Freund aussieht, steht vom Stuhl auf und grinst. Nein, das ist kein Geist, das ist wirklich Niklas.

»Deine Mutter hat mich reingelassen.«

»Meine Mutter? Ich wusste gar nicht, dass sie schon da ist.«

Malin ist verwirrt. War sie so in ihren Gedanken versunken, dass sie nichts mehr wahrnahm? Niklas umarmt sie.

»Dein Herz klopft, als wollte es gleich zerspringen.«

»Du hast mich ja auch erschreckt. Ich wusste nicht mal, dass du kommst.«

Cindy kommt angerannt, um Niklas zu begrüßen. Er kniet sich zu der Hündin runter und krault ihren Kopf.

»Ich bin auch nur hier, um dich zu überreden, morgen mit mir in einer Bar anzustoßen. Wenigstens das, wenn du dich schon wegen dem anderen weigerst.«

Schon wieder dieses Thema. Malin kann es nicht mehr hören. Sie will nicht feiern. Es gibt keinen Grund für sie, diesen Tag weiterhin als einen besonderen anzusehen. An diesem Julitag war ein Teil von ihr gestorben. Warum um alles in der Welt sollte sie das feiern?
»Nur ein Drink, mehr muss es doch gar nicht sein. Bitte Schatz.«
Niklas gibt nicht so schnell auf. Malin überlegt eine Weile, bevor sie zustimmt: »Okay, aber nur einen.«
»Super, geht doch.« Er umarmt sie und gibt ihr einen Kuss. *Na toll*, denkt sie, *das kann was werden.*

Es klingelt schon zum dritten Mal. Malin steht vor ihrem Spiegel und sieht sich an. Ihre Hände berühren das kalte Glas. Eine Träne verlässt gerade ihr Auge, um sich ihren Weg nach unten zu bahnen. Sie wischt sie weg. Zum vierten Mal klingelt es. Malin seufzt, bevor sie sich von ihrem eigenen Bild abwendet und zur Tür geht.
»Ich glaube, jetzt bist du wirklich alt. Solange braucht doch keine Neunzehnjährige, um eine Haustür aufzumachen. Soll ich dich die Treppen runtertragen oder schaffst du das noch allein?«
»Haha.« Malin sieht ihn böse an.
»Entschuldige, ich wollte dich nicht beleidigen. Happy Birthday, Schatz.«
Seine Lippen berühren leicht die ihren. Nur leicht, aber Malin bekommt eine Gänsehaut. Sie schließt die Augen, fühlt jede einzelne Berührung, so leicht und sanft sie auch sein mag. Wenn damals ein Teil von ihr gestorben ist, ist dann auch ein neuer geboren? Irgendwo tief in ihr? Ist es dieses Gefühl des Widerstandes, des Zweifels, des Misstrauens und der Angst? Nein, das kann es nicht sein. Es muss noch etwas anderes geben. Niklas streicht mit seiner Hand über ihr Gesicht. Wischt ihr die Tränen weg und nimmt sie in den Arm. Laut schluchzt Malin auf. Er hält sie daraufhin noch fester fest. So, als würde er sie nie wieder loslassen wollen.
»Engel weinen nicht, weißt du nicht mehr?«
Malin sieht ihn an. Seine Gesichtszüge sind verschwommen. Trotzdem weiß sie, dass er sie mit seinem ernsten Blick ansieht.
»Ja, ich weiß, aber ich bin kein Engel, also darf ich auch weinen.«

Niklas lacht. »Wenn du meinst. Komm, lass uns gehen. Sonst wird unser Cocktail noch warm.«
Jetzt muss auch Malin lachen.

Die Bar ist ziemlich voll. Es ist schön, mit Niklas hier zu sein, aber irgendwie fehlen ihre Freunde. Zum ersten Mal bereut Malin ihre Entscheidung, nicht feiern zu wollen. Sie hätten ja auch einfach alle was zusammen machen können. Dann wären sie wenigstens an ihrem Geburtstag bei ihr. Das Handy klingelt zwar ein paar Mal und jeder wünscht ihr alles Gute, nur ist das nicht dasselbe.
Der Barkeeper bringt einen Cocktail mit Wunderkerzen und kleinen Schirmchen drinnen. »Hier, für die Dame.«
»Ist das süß!«
»Ein Geburtstagsspezial.« Niklas zwinkert ihr zu. Malin gibt ihm zum Dank einen Kuss.

Malin wartet vor dem Eingang. Niklas ist noch drinnen, um zu bezahlen. Ihr ist, als würde sie Wasser hören. Sie folgt dem Geräusch, das Schritt für Schritt lauter wird. Als sie um die Ecke des Hauses sieht, erblickt sie einen alten Brunnen. Aus kleinen und großen Fischfiguren fliest Wasser. Kleine Tropfen berühren ihre Haut.
Malin setzt sich an den Brunnenrand. Irgendwie kommt er ihr bekannt vor. Vielleicht war sie schon einmal früher hier. Heißt es nicht, dass man sich etwas wünschen darf, wenn man einen Cent in den Brunnen wirft? Sie kramt in ihrer Tasche rum. Einen Cent hat sie nicht, aber ihr fällt das alte Medaillon in die Hand. Vorsichtig hält sie es fest. Wie viel es ihr bedeutet hat, dieses silberne Ding. Auch jetzt bedeutet es ihr noch viel. Sie öffnet es, um zum letzten Mal die Inschrift zu lesen:
»*Es gibt viele Menschen, die dich berühren,*
aber nur wenige, die deine Seele berühren können.«
Dann wirft sie es in den Brunnen. Möge es jemand anderem mehr Glück bringen als ihr. Malin sieht zu den Sternen auf, die so weit weg sind. Sie hört das Rauschen des Wassers. Es wird Zeit, zu gehen, Niklas wartet bestimmt schon. Er steht vor der Bar und sieht sich suchend um. Malin bleibt stehen. Nur noch einen Augenblick, einen Moment braucht

sie für sich. Sie atmet tief durch, schluckt den Schmerz herunter und geht zu ihrem Freund, der sie durch die dunkle Nacht nach Hause bringt.

Sie lässt sich Zeit beim Aufschließen der Tür. Die Einsamkeit kann warten. Noch ist Niklas bei ihr und sie hofft, dass er bei ihr bleibt. Wenigstens in dieser Nacht. Drinnen ist es dunkel, ihre Mutter schläft wahrscheinlich schon. Als Malin das Licht anmacht, wird sie schon wieder erschreckt. Dieses Mal ist es aber nicht Niklas, der ihr Herz so schnell schlagen lässt, sondern ihre Freunde. Sie haben sich alle um den Wohnzimmertisch versammelt, auf dem eine große Torte mit kleinen Kerzen steht und einige bunt verpackte Geschenke.

Alle strahlen sie an: »Happy Birthday, Malin!«

Malin kann es kaum fassen. Sie sind wirklich alle gekommen. Dabei wollte sie doch eigentlich nicht mal feiern und trotzdem sind sie da. Eve, Alina und Ben mit Sarah. Sie sind alle bei ihr. Malin spürt, wie ihr erneut Tränen aus den Augen fließen. Nur sind es dieses Mal Freudentränen.

Niklas drückt sie einmal fest an sich uns lässt sie dann los, damit sie die anderen begrüßen kann.

»Wow, Leute, ich kann es kaum glauben. Danke, dass ihr da seid. Danke, danke, danke. Ich bin ja so froh!«

»Dachtest du, wir lassen deinen Geburtstag einfach so vorbeigehen? Dann kennst du uns aber schlecht«, beschwert sich Alina.

»Nein, ich meine ... Es ist nur so, dass ich das nicht erwartet hätte.«

Glücklich strahlt sie, wie schon lange nicht mehr, sehr lange. Irgendwie ist es fast seltsam, dieses Gefühl wieder zu spüren. Inzwischen ist es so fremd geworden. Umso stärker durchströmt es Malin.

Hoffentlich bleibt es noch eine Weile, denn sie möchte es nicht mehr missen. Nie wieder. Zusammen stoßen sie an. Der Sekt schwappt über und tropft auf den Boden. Die Torte wird angeschnitten. Malin bekommt das erste Stück. Sie schmeckt nach Erdbeeren. Jeder greift hungrig zu. Aber einer fehlt: Justin.

Wie sehr er sie auch verletzt hat, sie vermisst ihn. Auch wenn sie es niemandem sagt und es ihm nicht sagt, er fehlt ihr. Tag für Tag, Nacht für Nacht. Ein Teil von ihr fehlt und es schmerzt zu wissen, dass es wahrscheinlich für immer so sein wird. Warum hatte sie so oft geschwiegen? Sie hätte ihm so viel noch zu sagen gehabt. Nun ist es zu spät. Sie muss nach vorn sehen. Und da sind ihre Freunde, die mit ihr durch dick und dünn gehen und die sie so unendlich lieb gewonnen hat. Was kann da eigentlich noch groß schiefgehen?

Es ist kalt geworden. Der Herbst hält Einzug. Malin hat sich einen dicken Schal um den Hals gebunden. Bald wird der Wald sein buntes Gewand zeigen. Als sie den Briefkasten öffnet, befindet sich ein blauer Umschlag in ihm. Neugierig betrachtet sie ihn genauer. Er ist von Jessica und Sam. Sie drückt den Umschlag an sich.

Schnell geht sie in die warme Wohnung, wirft ihre Jacke in die Ecke und den Schal hinterher. Dann öffnet sie den Brief. Ein weißes Blatt kommt zum Vorschein und ein Foto. Auf ihm ist ein Baby zu sehen, das in eine Decke gehüllt ist. Es hat die Augen geschlossen, als würde es träumen. Malin findet es niedlich, aber es war auch eigentlich klar, dass ein Kind der beiden so hübsch werden würde. Jess hat etwas auf die Rückseite geschrieben:

»*Das ist unser kleiner Chris (Christopher) Miller. Geboren am sechsundzwanzigsten September.*«

Malin legt das Foto beiseite, um den Brief zu lesen. Sie erkennt Jessicas Schrift. Die kleinen, verspielten Buchstaben füllen fast eine ganze Seite aus:

Liebe Malin,

ich hoffe, Dir geht es gut. Sam und ich genießen unser junges Elternglück. Auch wenn der Schlaf doch etwas zu kurz kommt, ist es schön, dass unser Chris jetzt bei uns ist.

Sarah möchte uns mit ihrer Familie bald besuchen. Immerhin soll unser Kind ja seine Großeltern und seine Tante kennenlernen. Ich hoffe, dass wir uns auch über einen Besuch von Dir freuen können. Es ist schon so lange her, dass wir uns das letzte Mal gesehen haben. Sam und ich würden uns sehr freuen und Chris bestimmt auch. Du musst ihn Dir einfach ansehen! Seine Hände sind noch so winzig. Bitte überlege es Dir.

Ach ja, Sarah hat mir erzähl, dass Du bald eine Ausstellung hast. Ich wünsche Dir viel Glück. Sag mir dann, wie es gelaufen ist, ich will es

unbedingt wissen. Schade, dass ich nicht dabei sein kann. Aber wenn möglich, hole ich das nach.
Hier muss ich leider den Brief beenden. Unser kleiner Chris schreit nach mir.
Alles Liebe wünscht Dir Deine Jess und viele liebe Grüße von Sam.

Schön, dass sie so in ihrer Elternrolle aufgehen. Ob sie auch mal Kinder haben wird und einen Mann? Malin heftet das Foto an ihre Pinnwand. Vielleicht. Aber sie hat noch Zeit. Jetzt steht erst einmal die Ausstellung an. Alle nötigen Vorbereitungen sind getroffen, nun muss sie nur noch auf den morgigen Tag warten. Der wird schneller kommen, als sie denkt.

Malin steigt zu Niklas ins Auto ein. Ihr Herz klopft wild in ihrer Brust. Hoffentlich geht alles gut und den Leuten gefallen ihre Fotografien. Was ist, wenn nicht? Dann war all die Arbeit umsonst. Frau Sebert begrüßt sie in der Eingangshalle. Bei der Ausstellung sind Fotos von fünfzehn Fotografen zu sehen. Manche von ihnen könnte man schon zu den Profis zählen. Was Malin nicht gerade beruhigt.

Sie muss später eine kurze Rede zu ihren Werken halten. Nervös geht sie noch einmal alles durch. Langsam füllt sich der Ausstellungsraum. Immer mehr Leute strömen herein und sind froh, die Kälte hinter sich zu lassen.

Malin sieht Evelyn und Alina schon am Eingang. Kurz darauf tauchen auch Sarah und Ben auf. Alle wünschen ihr Glück. Mit neuem Mut steigt Malin auf die Bühne. Sie lächelt ihren Freunden zu, bevor sie anfängt, zu reden. Als der Applaus abklingt, wagt es Malin, zu ihren Freunden zu gehen.

»Und, wie war ich?«

Sarah grinst: »Toll, hätte ich mehr Geld, würde ich dir jetzt glatt alles abkaufen.«

Malins Augen glänzen vor Freude. »Dann musst du dich aber beeilen, die meisten sind schon gekauft.«

»Ehrlich? Oh, mein Gott, ist das toll!«

Niklas stimmt Sarah zu und zieht seine Freundin an sich. Jeder soll sehen, dass sie zu ihm gehört. Er küsst sie und nimmt ihre Hand.

»Lass uns gehen und deinen Erfolg feiern.«

Malin nickt. Zusammen fahren sie in eine Disco. Alina albert mit Evelyn rum, Sarah und Ben fahren mit ihrem Auto hinter ihnen her. Die Lichter ziehen an ihnen vorbei. Malin sieht zu Niklas. Er lächelt ihr zu. Sie weiß nicht, was die Zukunft bringt, ob sie mit Niklas zusammenbleibt und ob ihre Freundschaften ewig halten. Aber sie weiß, dass sie alle in ihrem Herzen bleiben werden, egal, was passiert. Sie wird sie nie vergessen. Und sie wird ihren Weg gehen, mit all den Steinen, die ihr in den Weg gelegt werden. Weil sie wie alle Menschen nach dem Glück sucht und es in den Menschen, die sie liebt, gefunden hat. Und genau für diese wird sie kämpfen.

Nachwort

Geschichten haben mich schon immer fasziniert. Meine Mutter las mir manchmal aus Büchern vor. Später fing ich an, meine eigenen kleinen Geschichten und Gedichte zu schreiben. Irgendwann kam dann der Wunsch in mir auf, selber Autorin zu werden. Aber wie das eben oft so ist, fehlte mir lange eine gute Idee, die für ein ganzes Buch reicht. Und ich war zu jung, hatte zu wenig Erfahrung, als das ich dazu in der Lage gewesen wäre. Also blieb ich vorerst bei meinen Kurzgeschichten, bis ich mich mit siebzehn daran wagte, dieses Buch zu schreiben. Es dauerte ein paar Monate, dann war es fertig.

Das Schreiben gehört inzwischen zu mir. Wenn ich über lange Zeit hinweg nicht schreiben kann, fehlt etwas. Wenn ich schreibe, vertiefe ich mich in meine Figuren und in ihre Welt. Irgendwann kommen die Figuren in einem Buch einem vertraut vor. Sie haben ihre eigenen Eigenarten, Liebenswürdigkeiten und ihren eigenen Kopf. Meine Figuren sind am Anfang nicht vollständig, sie vervollständigen sich mit der Zeit. So sind einige Wendungen und Reaktionen am Ende selbst für mich überraschend.

In dem Buch geht es vor allen Dingen um Liebe und Freundschaft. Das sind Themen, die jeden von uns betreffen. So auch mich. Mir waren meine Freunde schon immer sehr wichtig und so wollte ich auch, dass sie einen Platz in diesem Buch haben. Jedoch habe ich beim Schreiben der Personen an niemand speziellen gedacht. Ähnlichkeiten entsprechen dem reinen Zufall. Es lässt sich nicht verhindern, dass Überschneidungen auftauchen. Ein Buch lebt von den Erfahrungen des Autors. Man kann nicht über Dinge schreiben, die man selbst noch nicht einmal annähernsweise selbst erlebt oder gefühlt hat. Trotzdem sind die

Ereignisse alle erfunden, bis auf eines. Die Party ganz am Anfang. Ohne diesen Abend hätte es dieses Buch, in seiner jetzigen Form nie gegeben. Es wäre ein anderes geworden. Auch diese eine Party entspricht nicht ganz der Wahrheit. Aber sie kommt ihr am Nächsten.

An dieser Stelle möchte ich auch allen danken, die mich unterstützt haben.
    Insbesondere meinen Großeltern, ohne die dieses Buch nicht zustande gekommen wäre.
    Tami, die mich mit ihrer Begeisterung vorangetrieben hat.
    Nico und David, die für meine Homepage zuständig sind und meiner Mutter.